岩书

棣

癌症消失的陷阱

完全治愈之谜

[日]岩木一麻 | 著

佟凡 | 译

台海出版社

◇ 千本櫻文庫 ◇

　　文库，原本是指收纳书物的仓库和书库，也指收纳书与记事簿，以及不常用物品的小箱子。以前者为例，京浜急行线的"金泽文库站"就是以前镰仓时代北条氏用来收藏汉书用的，"金泽文库"名字的由来便是如此。东京都的世田谷区也存在着收集着珍贵汉书的"静嘉堂文库"。后者则更多地被称为"手文库"。

　　江户时代以来，可以放入袖袂的小开本书籍逐渐流行起来，被称为"袖珍本"。明治三十六年（1903年），富山房发行了小开本的丛书，起名"袖珍名著文库"。随后，明治四十四年（1911年），讲述战国时代的猿飞佐助和雾隐才藏系列故事的讲谈社"立川文库"发行出版。讲谈是日本民间艺术，以口语化的方式讲述历史故事的形式。而"立川文库"则是将讲谈收录成册集中出版的丛书，据统计，当时刊行量为200册左右。从那时起，文库就脱离了原本的释意，逐渐演变成了现在的类书集丛。

　　文库说法借鉴了日本出版业界的传统说法。而千本樱源自日本奈良县吉野山樱花盛开的奇景，世人皆称"一目千本樱"来形容樱花美景。千本樱文库的纳入作品皆为日系作品，题材包括推理、悬疑、幻想、青春、文化等类型，正如千本樱满山盛开的绝景。

　　现代日本，以"文库"命名刊行的丛书系列有200种以上，所谓"文库本"只不过是统称而已。日本传统的"文库本"常用的是 A6 尺寸的 148mm×105mm，也叫"A6 判"。千本樱文库的所有书籍将在"文库本"的基础上提升，达到 148mm×210mm 的开本标准。追求还原的前提下，力图带给读者更清晰的阅读体验。

从 20 世纪 70 年代以来，日系推理小说逐步进入中国读者的视野。随着时代更替，涌现出一大批不同风格的作家。日系推理能够长久不衰的原因之一在于设立的各种奖项，这些奖项能为日本文坛输送新鲜血液，不断地创作优秀作品。"这本推理小说了不起"大奖 2002 年由宝岛社、NEC、Memory-Tech 联合创办，以发现有趣的作品、发掘新的才能以及构筑新的体系为目标。主要奖项分为大奖、优秀奖、"隐玉"奖（编辑部推荐奖）等。

2017 年，岩木一麻凭借《癌症消失的陷阱：完全治愈之谜》荣获第 15 届"这本推理小说了不起"大奖。在短时间内其销量就突破了 40 万部，被众多小说评论家称为"医学本格推理的杰作"。古往今来，医学相关的推理作品有很多，但将医学知识与本格推理的诡计直接联系起来，促成真正意义上的"医学诡计"的作品却屈指可数。从本格推理的角度来看，本书焦点在于"在不可能实现的条件下，癌症竟奇迹般痊愈"。癌症为何会消失？能让患者痊愈的治疗法究竟是否存在？本书将从正面一一揭晓这些谜题，开启一段闻所未闻的医学推理故事。

千本樱文库编辑部

◇作家 WRITER

鲇川哲也奖作家系列

◇ 相泽沙呼
◇ 城平京
◇ 芦边拓
◇ 柄刀一

梅菲斯特奖作家系列

◇ 天祢凉
◇ 西尾维新
◇ 井上真伪
◇ 殊能将之
◇ 木元哉多
◇ 北山猛邦

其他作家系列

◇ 深木章子
◇ 三津田信三
◇ 乙一
◇ 仓知淳
◇ 横关大
◇ 野崎惑

目录

CONTENTS

变异

1.2016年8月3日（周三）　筑地　日本癌症研究中心研究所

"这不是杀人事件，而是活人事件。"

羽岛悠马坐在桌子对面，伸出食指扶了扶金边眼镜，坐在他擅自搬进研究室的意大利皮椅上愉快地抖动着纤瘦的身体。

"你说什么？"夏目典明听到陌生的词，反问了一句。

"你不仅脑子不好，耳朵也不好吗？活人！活！人！"羽岛说着探出身子，用手指蘸了蘸凝结在装着焦糖玛奇朵的杯子上的水珠，在桌子上写下了"活人"两个字。

明明桌子上整齐地放着高级钢笔和便笺本，为什么偏偏要用水渍写啊……

"啊，这么说也不是不对。"夏目表示部分同意。虽然他第一次听到活人事件这个词，不过并没有提出异议。他们两个人高中时期就认识了，已经有二十多年的交情。他很清楚如果现在冒冒失失地回应了，对方就会像早就等着他犯错一样开始絮絮叨叨地啰唆。虽然羽岛作为研究员能力很强，但是他从以前开始就有个坏习惯，喜欢用兜圈子的方式高谈阔论。虽然羽岛现在已经四十岁了，不过这份孩子气从夏目见到他的时候开始就几乎没有改变过，和他的外表一样。"那么，你查到什么线索了吗？"

"有件很有意思的事情。"

羽岛露出少年般的天真微笑。一如既往的并非只有他的性格，夏目觉得他喜欢穿单色衣服的品位和他的长相一样没有发生变化。

"告诉我吧。"

"我再整理一下重点。"羽岛拎起刚才递给夏目的资料，"患者姓名是江村理惠，三十五岁。肺门区原发性扁平上皮癌，主要转移部位有四处，细小的转移部位遍布整个肺部，有十处以上。没有发生远隔脏器转移，诊断为癌症晚期。动脉、食道等处有发生深度浸润的嫌疑，无法选择手术及化疗。于是，你推荐她使用抗癌剂治疗。"

夏目沉默地点了点头，催促他继续说。

"但是，江村女士严词拒绝了日本癌症中心研究所呼吸道内科著名的夏目医生的提议，不同意使用以延长性命为目的的抗癌剂治疗，转而使用'慈恩会'这种可疑新型宗教推荐的自然食品疗法。三个月后，她再次接受夏目的诊断时，病灶竟然完全消失了。"

"嗯。"夏目懊恼地表示同意。

"于是，"羽岛表现出忍无可忍的样子，一把将桌上的传单推到了夏目眼前说，"你就这样被他们用来宣传的了。"

这张传单夏目已经看得腻烦，因为他太清楚上面的内容了。传单上用大字写着广告语"日本癌症中心研究所呼吸道内科 N 医生也认可的奇迹"，江村理惠和一名穿着白大褂的男人并排出现在传单上。虽然眼睛部分姑且画了一条黑线作为遮挡，但是，传单上出现的那对粗眉毛和深轮廓的脸形，认识夏目的人一眼就能认出他来。

"她说想要纪念一下自己的癌症痊愈，就突然站在我的旁边，和她一起来的女性借机拍下了这张照片。"

夏目觉得找这家伙来商量果然是个错误，一把从羽岛手中抢过传单。"我没想到照片竟然被用在了这种地方，现在想想，和她一起来的女性就是为了拍这张照片吧。"

"因为呼吸道内科的 N 医生只有你一个人啊。只要浏览过咱们研究所呼吸道内科的官方网站，即便是外人也能马上锁定传单上的'白大褂医生'就是你。"

"嗯。不过，如果仅仅如此的话，我倒不会太在意。我会觉得只是偶然出现了癌症自然治愈的患者，那群人不过就是借此小题大做罢了。"

"如果真是这样的话就好了。"

"虽然扩散到那种地步的扁平上皮癌自己消失是极为罕见的事情，但也不是不能接受。他们只是将偶尔发生的概率事件拿出来当成既定经验大肆宣传而已。这是售卖具有轻微抗癌作用的食品的组织经常用到的伎俩。"

"不过，'慈恩会'那群人早就已经在他们自己的主页上公开了你出具的诊断证明，并以此来证明江村女士的癌症已经到了晚期，宣称自己的健康食品能够让她痊愈。"

"嗯，当时还在网络上掀起了一股不小的热潮。"

"真的很难办。"

"你这家伙是觉得事不关己，所以才来和我商量的吧？"

"日本癌症中心研究所认可的奇迹，当然会成为热门话题。"

"我可没说过那是奇迹。因为当时江村女士问我能治愈晚期癌症是不是奇迹，我只是说这种事情非常罕见。她要求我出具的诊断证明上也只写了癌症治愈这个客观事实，我可是完全没有提及什么健康食品。"

"本来就是这么回事。但是，群众只会相信他们想要相信的东西。权威的日本癌症中心研究所的医生出具的诊断证明和他们的癌症治愈的宣言凑在一起，对想要相信奇迹的人来说已经足够了。"

羽岛从夏目手里抢回传单愉快地摇晃着。羽岛在上学时就参加了推理同好会，这一类话题是他最喜欢的。

"不过啊，这件事你上司也知道吗？"

"还不知道，我要再把情况梳理一下，可能的话，我想等找到真相的时候，再告诉他这件事。"这种事单单只是想一想就让人心情沉重。

"那倒也是。"

"喂，差不多就行了吧，你要是知道什么线索就告诉我吧。"

羽岛虽然是医生，但是他只做传染病研究不做临床治疗，比忙于出诊的夏目在时间掌控方面更加自由。如果再配合他慢吞吞的节奏，那夏目就别想回病房了。

羽岛若无其事地说道："你是瞎了吧。我当然没有说过这是眼睛的错，在这么简单的问题上你打算浪费多久时间？就在你苦恼不已的这段时间里，还要依靠国民上缴的税金血汗钱给你发放工资。"

"所以，就算是为了更高效地使用国民的税金，你也应该快点儿告诉我答案吧。"

"听好了，我又前前后后考虑了一下。连抗癌剂都不能消灭的晚期癌症是不可能被自然食品完全治愈的，对吧？"

"嗯。"

"尽管明白了这一点，你依然只是在考虑癌症被治愈这件事情到底是怎么实现的，然后，就因为自己找不到答案而苦恼。明明不可能治愈，你却还要去查找治愈的原因，愚蠢也要有个限度吧。你再好好看看片子，这张是癌症治愈前，这张是癌症治愈后。"

羽岛说完，将两张印着 CT 图像的 A4 纸并排放在了桌子上。

本来，常规的方式应该是由夏目将羽岛从研究所叫到医疗部门，一边看电子病历上的资料一边讨论。但是，羽岛既不是专业医生也不做临床治疗，更何况就连住院楼的人都知道他是个怪人。如果被别人知道自己向羽岛请教临床方面的问题，夏目就会沦为住院楼的笑柄。

两张胸腔 CT，左边治愈前的照片中，肺部由于不吸收低密度的 X 射线而显得黯淡，其中能看见几个白色的高密度肿瘤。右边治愈后的照片中则完全看不到肿瘤。

"这两张照片我看过很多次了，不管怎么想，肿瘤都消失了。不仅仅是 CT 图像的显示，病人治愈前的咳嗽症状也在治愈后消失了，同时消失的还有血液中扁平上皮癌相关抗原（血清 SCC 抗原）。所有数据都显示癌症已经治愈。"

"唉。"羽岛像在演戏一样夸张地叹了一口气,"夏目你果然只看得到癌症。这种时候就要忘记咳嗽症状这样的肿瘤标志。难道说你想写一篇题目叫作《晚期肺扁平上皮癌自然消退的病例》的病例研究论文吗?我绝对不想成为合著者。"

"癌症得以完全治愈就是问题所在啊。如果不关注癌症本身,那要关注什么?"

"所以我说,这是癌症之外的东西。"

夏目直直地盯着羽岛,露出一副嬉皮笑脸的表情。虽然这家伙很奇怪,但是脑子确实很好。从研究生时期开始,羽岛就一直在负责统计处理数据的时候找出实验者本人都没注意到的新理论、新法则和新假说,哪怕是在传染病学之外的领域。虽然他偶尔会摆出一副自高自大的态度,不过那往往是在掩饰自己的害羞,或者只是他开玩笑的方式,夏目在与他长久的交往中明白了这一点。

"给个提示。"

"你说给提示,关注肿瘤之外的东西,就已经是很大的提示了,甚至可以说是答案了。"

"你这么说,我还是不明白啊。"

"你不喜欢享受自己解谜的乐趣吗?不可能吧?我以前借给你推理电影的 DVD 时如果告诉你谁是犯人,你可是会大发雷霆的啊。"

"那是因为你贴在 DVD 上的便条上写下的犯人名字不是实际的犯人吧。你为什么要把不是犯人的家伙写成犯人啊。我就是按照你的提示看的……不，我不想说这个，这两件事不一样吧。我现在真的很困扰，就算不马上告诉我正确答案也可以，至少给我一个能让我听得懂的提示。关注肿瘤也得不出结论这种意义不明的话就不要说了，这就是纯粹的肿瘤问题啊。"

"那我这么跟你说。推理小说中不是经常会出现看起来是密室，其实只是为了作假不在场证明的情节吗？以为是谜的地方其实不是谜，实际上是读者中了作者的诡计，被引向了完全错误的方向。你的情况就像这样。"

推理小说？他在说什么啊？

"越来越不明所以了。"

"我都这样说了，你还是不明白啊。我到底要怎么说你才能懂？我该如何是好？"

羽岛皱起眉头双手抱头。这回不是演技，而是真的觉得烦恼，这一点让夏目大为光火。

"你再给个具体点儿的提示啊。"

"不，我要是说了你就全明白了。"

"没关系，我完全不介意。"

"你真无聊。"羽岛的表情就像喜欢的玩具突然被人收走的孩子，"那我就说了哦。这张胸部 CT 图像将射线厚度设定得很薄对吧？这样一来就会因为过于精细而忽略一些问题。"

"过于精细？"

"没错。"羽岛点了点头。

确实，夏目要求拍片子的 CT 技师将射线厚度设定得比较薄。CT 是使用 X 射线扫描身体的横截面做成的 CT 图像。让 X 射线一边扫描身体一边照相。切面越薄越容易发现细小的肿瘤，方便观察详细病情。

"那应该用多少毫米合适呢？"

"十毫米吧？再厚一点儿也可以。"

夏目苦笑道："十毫米？那样就会漏掉小肿瘤了，难得有了精细的 CT 图像，我不明白特意加厚射线有什么意义。"

羽岛露出一个毫不在意的笑容。

"你就当被我骗了，试试设定成十毫米重新扫描一次嘛，然后你一定会发现自己真的被人骗了。如果这样还发现不了，那我就没办法了。"

要想重新扫描 CT 图像就必须回住院楼。日本癌症中心研究所为了保护患者的个人信息，记录患者信息的医疗网络和研究网络相互独立。羽岛无法在自己的房间登录医疗网络要求 CT 技师扫描 CT 图像。

夏目觉得现在就算自己说得再多也只会增加自己盯着羽岛这张笑脸的时间，于是留下一句"我马上回来"就起身准备离开。

"快点儿回来，我等你哦！"没有理睬羽岛可恶的声音，夏目径直走出了房间。

傍晚的医生办公室一片寂静，大部分医生都出去看诊了，这份寂静让夏目更加焦虑，他必须尽快结束这份非常规的工作……

夏目从自己的电脑里调出江村理惠的电子病历，要求 CT 技师用十毫米的厚度重新扫描 CT 图像。这个时间 CT 技师不忙，应该马上就能做好。

桌上放着用二毫米的厚度扫描而成的胸部横截面 CT 图像。夏目将癌症治愈前后的两张 CT 扫描图像的图片进行比较，果然一张图片上有多个肿瘤，而另一张并没有。

羽岛说通过将厚度设为十毫米就能看出一些东西。

但是那家伙并没有看过用十毫米的厚度扫描出来的 CT 图像，却从二毫米的厚度扫描的 CT 图像中看出了端倪。他究竟看出了什么呢？

夏目想了一会儿，十毫米厚度扫描的 CT 图像已经送了过来。打开文件，重新扫描的胸部 CT 图像出现在他眼前，如他所料，几个细小的肿瘤由于图像变得粗糙而完全消失不见了，大肿瘤的轮廓也变得模糊不清。

夏目叹了一口气，他果然看不出什么东西，是羽岛想错了。

另一张肿瘤消失后的 CT 图像也送回来了，当然，这张上并没有出现新的肿瘤。只是此前虚线形的血管由于 CT 图像变得粗糙而连在了一起。虽然血管的分歧变得容易观察了，但是并没有发现肿瘤。她的肿瘤确实消失了。

慎重起见，夏目最后将两张 CT 新图像放在一起观察了一番，就算这样做也没有意义吧。一张 CT 图像上有很多发生肺内转移的肿瘤，另一张上没有。这个结论怎么想都不会改变。

夏目一边想，一边将两张 CT 图像放在投影上。一瞬间，他感到了轻微的不协调。这两张 CT 图像有什么不一样的地方，他很清楚不是有没有肿瘤的问题。不是肿瘤，而是有什么地方不太对劲儿。

夏目再次对比了两张 CT 图像，不由自主地笑出声来。

仔细一看，真相一目了然。

一周后，夏目在住院楼的最上层——十九层的餐厅和羽岛吃了一顿错过饭点的午餐。这个时间已经没什么客人了，所以店里很安静。夏目的主食是煎鸡肉，羽岛点了一份芝士烤汉堡肉。

"我本来想直接联系警方的。"羽岛一边将切成小块的烤汉堡肉放进嘴里一边抱怨。

"我们对那些手续不熟吧，而且本来就不能跳过运营部擅自采取行动。"

"一边向警察出示数据，一边揭开欺诈事件真相的天才研究员侦探。是不是非常戏剧性非常帅气？太适合我了。"羽岛一边擦嘴一边说道。

"天才研究员侦探？我们，不，至少我没有这个闲工夫。这种事还是交给专业的人比较安心。这件事虽然有些特殊，不过以前也出现过用别人的医保卡看病的骗保行为。"

"医保卡上也应该贴上照片啊。不过这次的事就算有照片也不会被揭穿就是了。"

"啊，是啊……"

夏目带着不愉快的心情回想了一下一周前的骗保事件。两个人竟然是同卵双胞胎，其中一个患了癌症。

"不过，我们还不知道江村是不是真的有双胞胎姐妹。"

"加厚 CT 扫描厚度，让 CT 图像中肺部血管的分歧点更清晰之后就能发现血管特征的不同。原以为是同一个人，其实是两个人的CT 图像。这种情况认为是同卵双胞胎装成同一个人来看病很合理吧。"

就算是遗传基因完全一致的同卵双胞胎，指纹和血管分歧方式也各有不同。通过静脉认证和视网膜认证等方式可以区别同卵双胞胎。

"合理吧。虽然不知道是哪个家伙完全没发现，一直在苦恼肿瘤是怎么回事。"

羽岛不由分说地用叉子叉起自己盘子上剩下的胡萝卜和西兰花配菜放到夏目盘子上，然后拿走了一片煎鸡肉。羽岛喜欢做饭，他不吃冷冻蔬菜，说有一股奇怪的味道。

夏目听了羽岛的说法后有些烦躁，不过他马上进行反思，意识到错在自己。如果没有羽岛的话，他现在一定依然不知所措。

"我很感谢你。但是，为什么你能够只凭借看不清血管的两张CT 图像就看出是两个人呢？我承认是我太大意，但是既然是同卵双胞胎，那两个人的血管特征自然也十分相似。"

"这是因为按照常理来讲，如果事先放出大话，然后真的使用健康食品治愈晚期癌症这种事完全不可能。既然是不可能的事情，就必须以它没有发生为前提建立假设。如果像你那样去考虑癌症是怎么痊愈的，就正中对方下怀了。"

变异

哎呀！夏目静静地摇了摇头，将羽岛给他的胡萝卜放进嘴里，尝到一股淡淡的甜味。

"但是，那些人为什么要选这么危险的方法呢？我觉得用这种方法宣传健康食品很不划算啊。"

"是这样吗？如果只有你的话不就发现不了了？而且，日本癌症中心研究所都出具了剩余寿命诊断证明后还能治愈，宣传效果一定格外好吧。因为就算没有这样的认可，癌症晚期患者也会把健康食品或者奇怪的治疗方法当成最后的救命稻草积极尝试。"

夏目点了点头："也许确实如此吧。不过，你觉得她的双胞胎姐妹为什么会参与这次欺诈事件呢？"

"这种事情我哪里知道啊，大概是教团给了足够的钱，或者她是虔诚的信徒，会开心地执行教团的命令什么的。"

"不管怎么说，癌症晚期患者能判刑吗？欺诈罪好像挺重的吧？"

羽岛抱着胳膊："嗯，法律方面的事情我不太清楚，不过欺诈事件的主犯应该是使用江村女士医保卡的健康双胞胎吧，虽然江村女士不能说无罪。如果是不能忤逆宗教团体的命令，法庭应该也会酌情处理，我想就算她被起诉也不会判得很重吧。"

"你说就算起诉，她没有被起诉吗？"

羽岛点了点头："还不知道医院运营部和江村女士的健康保险公司会不会把这次的事告诉警察。这次欺诈的金额不大，而且性质也说不上特别恶劣，只是拍了一次对健康人来说不需要的 CT 罢了。因为没有必要，所以双胞胎的任何一方都没有获得利益，只是接受了一次没用的放射线辐射而已。毕竟欺诈是指欺骗他人获得利益。"

"确实是。"

"而且因为医疗费还没有结算，所以我们医院的行政部门大概会要求江村女士的双胞胎全额自费治疗费用吧，只要对方支付就不走刑事程序。如果我们要求，对方大概也会老老实实支付的吧。"

"如果是这样就好了。"

"虽说是坏事，还是希望癌症晚期患者不要因为这次事件受到影响，不能安享最后的时光。"

夏目笑了："你难得没有贯彻自己的理念啊。"

羽岛露出意外的表情："哪里啊？"

"天才研究员侦探大人不是想自己去找警察，证明欺诈事件存在吗？"

羽岛摇着头叹气："那肯定是开玩笑啊。"

"是吗？"夏目还在捉弄羽岛。

"虽然不做临床，我毕竟算是个医生。所以……"羽岛看向窗边的桌子。

那里有一个大概在上小学低年级的女孩子正在和父母一起吃饭。女孩身边立着吊瓶架，小小的手腕上缠着橡胶软管，应该是正在注射抗癌剂。

"只要在良心能接受的范围内，我心里有比贯彻法律正义更重要的事。"

听着羽岛的话，过去的记忆在夏目脑海中一闪而过。

夏目也曾经有过刻苦钻研基础研究的日子。

直到十年前的某一天，他突然被迫修改了轨道。

2. 2006年9月5日（周三）　本乡　东都大学医学院

纯白色的小老鼠在饲养箱里不慌不忙地蠕动，背上驮着肿瘤。长方形的饲养箱是铝制的，像一个大饭盒。小白鼠身上的肿瘤是人类癌细胞移植到鼠体后成长而成的。

·　一个盛放着背负人类癌症的小白鼠的大饭盒。

夏目想到这里摇了摇头。虽说昨天又为了强行赶进度撰写投稿论文，只小睡了三个小时左右，不过现在必须集中精神做实验。

放着一排饲养箱的不锈钢工作台的周围，一群戴着口罩和帽子、穿着专用工作服的人们打开箱子不断拎起小白鼠，放在电子秤上称过体重后，又用电子卡尺记下肿瘤的大小。

"这个箱子里，小老鼠的肿瘤小了很多啊。"一名负责记录数据的女性饲养助理抬起头说道，"是不是药产生了效果？"

"可能是。不过测量时请不要在意这些，要是主观想法影响了测量值就糟了。"

夏目努力用轻松的语气安慰饲养助理。因为戴着口罩，饲养室内很难看出彼此的情绪。

与熟练的饲养助理建立信赖关系是动物实验成功的绝对条件，这是研究生导师，肿瘤内科讲座教授西条征士郎老师的教诲，夏目自己平时也有切身感受。卡尺的测量值会定期检查，由多人测定后查看是否存在人为误差，所以他刚才的提醒不过是走一走形式而已。

"我会准确测量的。"她点了点头，"不过，我已经帮忙做实验这么多年了，凭直觉就能大概感受到实验进行得是否顺利。"

夏目点了点头："这样就好。"

实际上，夏目也觉得这次实验进行得很顺利，和生物风险投资公司共同研究的抗癌剂说不定值得期待。

戴着口罩穿着工作服很难通过表情来交流，而且呼吸困难。这套装备并非为了保护人类不被实验动物感染，而是为了保护小白鼠不被人类可能携带的病原体感染。

房间两侧排列着八层组合式不锈钢架子，每一层都装着丙烯玻璃门。仅这一个房间里就养着一千多只小白鼠，但是并没有小白鼠特有的，像坚果一样的气味。

气味之所以不明显，是因为饲养室始终维持着较高的气压，臭气可以从安装在架子背面的排气口排到室外。流动的空气不仅是为了除臭，这层空气屏障的另一个重要作用是防止外界的病原菌侵入。

住在严格控制卫生环境的饲养室里的小白鼠们有着外表看不出来的重要特性，那就是原发性免疫缺陷病（又称先天性免疫缺陷病）。因为它们在平常的环境中很容易被感染，所以必须养在没有病原菌的清洁环境中。

这间饲养室为了防止外界的病原菌入侵，满足被称为 SPF 的特定抗菌规格。在进入饲养室前，工作人员必须换衣服，并且进行严格消毒。他们还必须每周进行病原体监视检查。

重度先天性免疫功能缺陷的小白鼠之所以对研究十分重要，是因为在它们身上比较容易展开移植实验。哺乳类动物的免疫系统很发达，可以识别自身和非自身组织，普通的病原体自不必说，就算是移植同种动物的组织，也会被免疫系统当成异物迅速排除。但是，小白鼠的免疫系统有着先天性严重缺陷，就算是不同物种的人类细胞也可以移植。像这样将一个物种的组织移植到另一个物种体内的实验叫异种移植，这类实验品就叫作异种移植片。

移植到小白鼠身上的人类癌细胞在小白鼠体内形成肿瘤，并且会从移植位置向其他组织进行远隔转移。给小白鼠注射抗癌剂后，可以通过确认肿瘤大小和是否转移来检验药物的效果，同时观察药物本身是否存在严重的副作用，由此获得有助于此后临床试验的数据。

夏目看向墙上的时钟。在进入饲养室之前，他已经将昨天测定的先行试验群的数据交给了在公共卫生学教室的羽岛。现在解析应该已经结束，抗癌剂的效果应该已经分析出来了。

他想尽快离开饲养室去看解析结果，但是动物检测还需要一个小时，他必须留在这里。

研究生活几乎都是在重复普通而单调的工作。尽管如此，依然有众多研究员废寝忘食地为研究献身，只为了发现结果时那一瞬间的甜美感受。

对夏目来说，今天就应该是平时的辛苦付出得到回报的日子。

饲养室的工作结束后，夏目离开 SPF 区域，在更衣室换好衣服就来到了走廊上。SPF 区域的温度全年保持在 23 度左右，湿度也受到严格控制，而走廊则不同，秋老虎天气残留的热气混在其中。尽管已经进入九月，今天的最高温度依然将近 35 度。

乘坐直梯来到一楼后，弥漫在走廊里的暑气变得更加强烈。

夏目做好心理准备后，站在自动门前，在门打开后离开了动物实验楼。令人窒息的热气扑面而来，他小跑着逃进了旁边的一栋石头建筑，医学院一号馆。门刚刚打开，凉爽的空气就将他包围。

不知道什么时候，石头走廊里挂上了写着"禁止穿木屐"的木牌。夏目心想，如今的时代，谁还会穿木屐，不过如果真的有人穿着木屐走在这条静谧的走廊上，确实会让人受不了。

穿过长长的走廊，夏目走进风格完全不同、非常现代化的三号馆，乘坐直梯前往七楼的肿瘤内科教研组研究室。

打开研究生室的门，每个坐在电脑前的研究生都看向他。夏目看到他们笑容满面的表情后明白了一切。

"怎么样？"

夏目旁若无人地坐在自己的座位上问羽岛。羽岛是基础教研组公共卫生学教研室的研究生，两人从高中时期起就是好朋友。他很擅长统计分析，虽然"怪人"的名号流传甚广，也有人讨厌他，不过确实是值得信赖的研究搭档。

"非常好。虽然我觉得没必要用那么多小白鼠，不过，这也是没办法的事，总比事后没有看出显著差异，再后悔没有用更多的小白鼠来进行试验要好得多。"

因为抗癌剂研究要牺牲动物宝贵的生命，所以进行动物实验前会首先使用培养好的细胞在试管内进行试验，然后使用少量小白鼠测试其安全性和有效性，再进行像此次这种大规模的动物实验。

"让我看看。"夏目在羽岛背后仔细看着显示器。纤瘦的羽岛虽然态度傲慢，不过也无法对他造成物理上的阻碍。

显示器上呈现着统计软件的图表和统计处理结果。正如期待的那样，注射过新药的实验组小白鼠身上的肿瘤缩小了。有时候尽管肉眼就能看出差异，不过依然会出现统计处理的结果显示这种差异在科学角度没有任何意义这种令人气馁的情况。

"这不是很厉害吗？"夏目拍了拍羽岛的肩膀。

"我不觉得在小白鼠身上进行治疗游戏有多么厉害。"羽岛摇了摇头。

"别开玩笑了，难道你想一下子就进入临床试验吗？"

"我可没这么说。"

"你又想说比起化疗，应该致力于早期发现和预防了吧。"

"没错，"羽岛点点头，"如果水槽的排水口发生堵塞，水都溢出来了，你会怎么做？你会先关掉水龙头，对吧？你们现在所做的就是不理会正在出水的'水龙头'，而是去擦拭不断溢出的水流。"

羽岛露出一个有些嘲讽的笑容。

"这真是学公共卫生学的人会说的话。如果将人类当成一个集体來看待，你的解釋也許沒錯，但是我們現在想解決的是一個個為癌症所苦的患者的問題。而且按照你剛才的比喻，我們也是在努力關閉水龍頭啊。我之前沒和你解釋，只是讓你幫忙統計分析，其實我們這次實驗的新藥是以幹細胞為目標的。"

夏目想，沒錯，我們是在試圖關閉"水龍頭"。

癌細胞中有一種被稱作癌症幹細胞的特殊細胞。癌症幹細胞自身幾乎不會分裂，但它是不斷增殖的癌細胞的"源頭"。

傳統抗癌劑大多具有強烈的毒性，通過進入分裂行為活躍的癌細胞來殺死它們。因此同樣會進入分裂旺盛的正常細胞，帶來強烈的副作用。更糟糕的是，傳統抗癌劑對癌症的元兇，即幾乎不會分裂的癌症幹細胞產生的效果甚微。完全是這種不去關閉正在出水的水龍頭，只是試圖擦除溢出的水流的狀態。

伴隨分子生物學的不斷發展，人們逐漸明確了生命的構造，只與特定目標結合的分子靶向藥物紛紛登場。這種藥以癌細胞內的蛋白質等為目標，所以能夠抑制治療時伴隨的副作用。以癌症幹細胞為目標的靶向攻擊應該能夠關閉"水龍頭"。

這次，生物風投公司委託東都大學腫瘤內科做新藥候補化合物的動物實驗，也是因為西條老師開發出了獨特的實驗方法，用來檢查針對癌症幹細胞的抗癌劑效果。

"原來如此。"羽島點了點頭，他臉上嘲諷的笑容消失了，"你也在用你的方法嘗試關閉'水龍頭'啊。"

"還不知道能不能關上，不過，我確實是想關掉'水龍頭'的。"

　　羽岛带着奇怪的表情再次点了点头："虽然针对癌症干细胞的抗癌剂的效果还是未知数，不过还是祈祷一切顺利吧。"

　　羽岛思维敏捷，讨厌与本质无关的事情。特别是那种标榜着将来应用在临床上，实际上怎么想都对患者没什么帮助的"为了研究而研究的研究"让他极为鄙视。他经常因为在学会上对所谓泰斗级研究员表现出对抗的态度而引发问题。

　　实际上，羽岛绝非别扭的人。虽然他接受的过程有些麻烦，不过他一旦接受，就会真心提供帮助。

　　"我现在要去老师那里汇报数据，你一起来吗？老师很在乎分析手法的细节，我可回答不上来。"

　　"抱歉，我还有很多别人托我做的工作。一会儿还要去生化学科室和感染控制科。你有什么不明白的地方就发短信问我，我会尽快回复。"

　　"你还是那么忙。"

　　"托各位的福，只有合著论文在增加，我想要更多自己写论文的时间。"

　　"你这么说我真是惭愧。"

　　"帮你没问题，毕竟我们认识这么久了。"

　　"抱歉，今晚我请你吃个饭吧，还有纱希。"

　　冬木纱希是夏目的未婚妻，毕业于文学系，现在是出版社旅行杂志的编辑。

　　"我今天和森川约好在学校食堂吃晚饭了，咱们四个人一起吃好了。"

"森川啊，好久没见到他了，要是不打扰你们的话就一起吃吧。"

森川雄一也是两人高中时期就认识的朋友。他是理学系数学专业的研究生，毕业后在保险公司上班。森川在初中毕业前一直在大阪生活，就职后在位于大阪的总公司工作了一段时间，去年调到东京分公司之后偶尔会来大学和羽岛、夏目一起吃晚饭。

"说什么打扰，有冬木在就不能太邋遢，这样更好。那就今晚六点半在学校食堂见。"

羽岛说完站起身来。

目送羽岛离开后，夏目总结了刚才收到的数据重点，做好资料打印出来。

来到走廊上，夏目向同一层老师的房间走去。房门关着，不过透过门侧明亮的窗户可以看到房内的荧光灯亮着。就算有客人在老师也会打开房门，只有在讨论复杂的问题或者需要格外集中精力工作的时候才会关上门。

夏目觉得现在不能敲门，他看了看旁边的助教室。那里是两位助教和老师秘书的房间，两位助教不在，女秘书坐在入口附近的桌子上。

老师的房间和助教室之间有道门相连，无须通过走廊就能进进出出，不过平时并不会开放，现在果然也关着。

"老师在吗？"夏目站在房间入口处指着老师的房间询问秘书。

"院长和事务长在……"她微微皱起眉头。

"出什么事了吗？"

旁边的房间中传来怒吼声，虽然不知道在说什么，不过似乎是院长的声音。夏目从没见过老师怒吼，也不清楚事务长的性格，不过他应该不会冲着教职员工大吼大叫。

"从刚才开始就是这样，已经二十多分钟了。"

"出什么事了？"

她摇了摇头："不知道。院长突然和事务长一起来了，对我说不用倒茶，然后他们就这样一直关着门。"

老师门上贴着的纸上写了"拒绝超过五分钟且与研究无关的会面"，并且身体力行。虽然和过去相比已经改善了很多，不过医学院内部的派系之争至今依然相当复杂。为了和各方错综复杂的人际关系保持距离，更有效地利用时间，在个人会面方面设置时间限制就成了有效的屏障。当然，与学生讨论研究课题的会面不包含在其中，老师会花时间耐心解答学生提出的问题。

就算听不到怒吼声，夏目也不认为老师会与院长和事务长讨论关于研究的问题。据夏目所知，这是老师第一次打破"五分钟会面时间"的规则。

夏目很好奇他们在讨论什么，但又不能偷听，听到刚才院长的怒吼声，只怕谈话不会简单地结束。

夏目正打算和秘书说自己下次再来，走廊那边老师的房间大门突然猛地开了。

院长自房内飞奔而出，他因为怒火中烧而红着脸，完全符合"像鬼一样"这个形容。夏目一瞬间以为跟在他身后的是老师，结果发现那是身高和长相都和老师十分相似的事务长。以前，他曾经因为逆光的原因将事务长错认成了老师，远远地朝他打了招呼。

事务长带着轻蔑的表情离开老师的房间，然后一路小跑追上了快步离去的院长。两人似乎都没有注意到夏目的存在。

看来事情暂时告一段落了，不过从院长他们刚才的表情来看，老师现在大概也没办法冷静地讨论研究课题。夏目觉得还是下次再来拜访比较好。

"我下次再来。"

夏目跟秘书说完后来到走廊上，突然感觉门在身后被打开了。他回头一看，老师正站在门口。

"啊，是夏目啊，你把数据带来了吗？"

老师戴着银框眼镜，黑发整齐地束在脑后，额头饱满，他低头看着夏目，眼中闪烁着猛禽一样锐利的光，同时眼神中带着慈爱，嘴边泛起微笑。

"是的。不过您似乎很忙，我正打算下次再来。"

"不用，刚好麻烦事已经解决了。让你久等了，现在就开始吧。"老师说着，轻快地伸出长臂指向自己房间的门。

"那就拜托您了。"夏目鞠了一躬。

老师催促夏目坐在能坐下六个人的木桌旁，将装着夏目实验数据的文件夹从书柜中取出，盘起长腿坐在夏目旁边。学生们经常会在这里向老师报告。

夏目将打印出的三张 A4 纸资料摆在老师面前。资料经过整理，不需要说明，扫一眼就能看懂大致内容。老师一边翻一边迅速读完了所有资料，接着他又重新回到开头，视线像在进行精密扫描一样检查着资料的内容。

夏目突然看向摆在房间尽头的巨大白板，白板通常在研究讨论进行到白热化时用于总结思路。夏目曾多次看到老师一个人面对白板的样子。

现在白板上的内容应该是老师一个人写的。上面全都是老师潦草的字迹，看样子完全没打算让其他人看，其中很大一部分是手写体的英文，几乎看不懂。

不过依然能看出几个单词，特别吸引夏目的是那个表示"异常新生物"，也就是表示"肿瘤"的单词 neoplasm（赘生物）旁边，有用日语写着的"拯救"二字。这两个单词都不该出现在老师房间的白板上。

neoplasm 这个单词几乎不会用在临床或基础研究中。一般在公共卫生领域中用于死因分类。羽岛所在的公众卫生研究室可以暂且不提，不过，这个单词在肿瘤内科非常陌生。

"拯救"这个词并非完全不会用在肿瘤内科。

与夏目身处同一研究室的一位同事在研究一种遗传因子，这种遗传因子可能有抑制癌症发生的功效。

在利用基因重组技术击溃这种遗传因子的小白鼠身上，癌症发病率会增加。在这一组小白鼠身上重新导入这种遗传因子，等遗传因子充分发挥作用后，癌症发病率又会降至原本的水平。

在这种情况下，通过再次导入遗传因子降低癌症发病率的做法会用"拯救"这个词来形容。

击溃遗传因子再导入遗传因子的实验十分费事，还要进行遗传因子重组等各种操作。如果只是在最初让遗传因子不能发挥作用，就无法严谨地确定癌症发病率的增加是否真的是因为遗传因子不能发挥作用所导致。当遗传因子的功能恢复后，如果癌症发病率恢复原状，那么这种遗传因子能够抑制癌症的可能性就非常高了。这个实验就是通过减一之后再加一，观察是否能够回到零的这种方法来确认结果的。

但是研究室中不会使用"拯救"这个词，更多的情况下会使用表示同样意义的英语单词 rescue（抢救）。与老师讨论这个研究课题时，夏目并没有听他使用过"拯救"这个词。

而且，"拯救！"这种加入感叹词的书写方式与研究室的研究风格完全不搭。老师究竟在思考什么问题呢？

夏目在旁边找了找其他能够看得懂的单词，看到了 TLS（肿瘤溶解综合征）这个缩略语。然后是用手写体写的……难道是 risk（保险对象）？

"不错啊。"

夏目慌忙看向声音传来的方向，与老师满意的目光相接。

"结果很美好，很不错，只是略显无聊。"

夏目苦笑："我也这样认为。"

"药剂组中早期出现衰弱，执行安乐死的几例你怎么看？"

"我把采集到的血清送去解析了，我认为是肿瘤溶解综合征。"

老师点点头："是啊，我也觉得是 TLS。"

肿瘤溶解综合征是肿瘤细胞死亡时发生的紧急症状之一。当抗癌剂发挥了显著的效果后，肿瘤细胞短期内大量溶解，释放出细胞内代谢产物，积攒在癌变细胞内部的核酸、磷酸及钙一起流入血液中，可能会引起重度电解质异常和急性肾功能不全，很多时候会导致死亡。

随着治疗方法的进步，人们能够不通过外科手术直接取出肿瘤，而是通过抗癌剂及放射治疗在体内大量杀死癌细胞，但是，这种治疗方法会导致发生 TLS 的风险逐渐增加。这个问题原本只存在于白血病那样的血液肿瘤中，近年来因为抗癌剂的进步，在固体肿瘤中出现的病例也逐渐增加。

随着抗癌剂的效果越来越好，又出现了新的危机。虽然这种事很讽刺，但是站在治疗者的立场上来看这确实是个棘手的问题，不能用一句讽刺来解决。

"血清的数据出来后我会拿给您看。"

"肿瘤组织的病理分析出来后也让我看看，应该能够观察到大量细胞死亡。"

"好的。"

"这次的小白鼠们很可怜，不过在临床上可不是说一句可怜就能结束的。既然你是肿瘤内科医生，TLS 就是无法避开的紧急病症。"

夏目点点头："是的，我会铭记在心。"

"由于抗癌剂效果太好而导致患者死亡，这对肿瘤内科医生来说，没有比这种事更让人悔恨的了。一会儿我会告诉你最近出版的总论，你好好读一读。"

"谢谢您。"

"这次的统计和数理模型也是拜托羽岛做的吗？"

"是的。"

"你有个不错的朋友，他应该会成为优秀的研究员吧。"

"虽然人有些奇怪。"

"说到这儿，在我眼里你也是相当不符合大众标准的人啊。"老师高声笑着说道，"要是结果更难理解就有意思了，因为如果出现相当有趣的结果，你取得学位的时间就会相应推迟。"

"如果能得到有趣的结果，花多少年都没有关系。"夏目开玩笑地说道。老师的性格能够接受这样的坦率。

"也不能这样。"

老师的嘴边还留着笑容，眉头却轻轻皱起。

"怎么了？"夏目猜测老师的下一句话应该是玩笑，所以笑着问了一句。

"因为我干到明年三月份就不干了。"

"欸？"夏目原本在等待老师的玩笑，听了这句话之后还没来得及收敛笑容，一时不知道说什么才好。

老师的双眼中充满温柔，嘴边的笑容却不知在何时消失了。

老师要辞官？不，如今国立大学已经变成法人，应该说是辞职吧。夏目混乱的大脑里想着这些有的没的，好不容易挤出了一个问题。

"您要去其他大学任教吗？"

老师轻轻摇了摇头。

"那您是要去哪个研究所任职吗？难道是要出国发展？"

老师缓缓地摇了摇头："不，我不再做研究了。"

老师要放弃研究?

夏目从医学院毕业后，这几年一直专注于初期临床进修。然后以取得博士学位为目标敲响了老师研究室的大门。

一开始，老师不愿意让夏目进入研究生学院，但被夏目的热情所打动。最后，收夏目做了自己门下的博士生。

因为在要调动到其他大学等情况之前，老师会停止接收学生，所以自然出现了老师要调动的传言。但是老师什么都没有说，就算问他本人他也只是含糊其词。

夏目在进行执业医师培训的同时上着研究生课程，生活极为忙碌，不过在老师的支持和鼓励下，总算度过了这段艰难的日子。

他本打算在今年三月结束为期四年的博士课程，成功获得博士学位的……

"怎么会……"夏目不知道该说什么。

"你的学位还是按照原计划，一定会在今年拿到。我一直就相信这次动物实验会有不错的结果，这次看到数据后终于安心了。等下个月凑齐更详细的数据后，你就可以开始写论文的实验结果部分了吧。之前你交给我的论文绪论写得不错，没什么需要担心的。"

夏目已经将写完的绪论交给了老师，内容包括研究背景和研究目的。没什么大问题自然是好事，但夏目此时听到这个消息并不开心。如果没有出现不正当研究、公费私用之类的丑闻，或者是出现重大的健康问题，大学教员一般不会不经过调动就直接辞职。

情况一定很严重吧。老师笑了，似乎是顾及夏目的心情。

"我突然辞职一定会让你瞎想，不用担心，我既没有不正当研究也没有私吞研究费用，健康状况也没什么大问题。"

"那您为什么要辞职呢？"夏目条件反射似的询问。

"我只能告诉你，是我个人的原因。"从老师的表情和声音中能够感受到一丝迷茫。因为老师平时的精神状态极为稳定，所以只要有丝毫的波动就很显眼。

夏目紧紧盯着老师，不知道该说什么好，又觉得只要这样盯着，老师就会说些什么。

大约五秒钟，对沉默的对视来说时间过长了，老师低头笑了笑。这个瞬间，夏目感受到了强烈的似曾相识之感。

"啊，真是抱歉，"老师抬起头，"你还记得你来的时候说过想在我这里取得博士学位吗？"

夏目点点头，是啊，和那个时候一样。

"我告诉你因为各种原因我不收学生的时候，你也是这副不肯罢休的表情。一般人如果听我说了因为有些事今年不收学生的话，都会善解人意的不再深究。"

夏目从老师口中听到似曾相识之感的来源，觉得脸颊发热。

"夏目，我折服于你当时的热情，选择你作为我的关门弟子。若非如此，原本我应该更早一些辞职的，考虑到这个原因，如果我完全不告诉你原因就辞职，也许多少有些前后不一致。"

"是的。"

"你还真是经常说'是的'。"老师苦笑着摇了摇头，"算了，这样也好。我对院长说了要辞职，他勃然大怒，然后让我延迟辞职时间的你马上就出现了，不能不让人感受到这就是命运啊。"

老师停顿了一下，问夏目："你为什么想要做医生？"

"因为我听说做医生可以理解生物的本质，这份理解可以帮助别人。"

老师侧头说道："很多医生都会说要帮助别人，理解生物的本质倒是很少听到。这是什么意思呢？"

"这是我患上小儿白血病的时候，主治医生对我说的话。当时他告诉我：'普通的形态，普通的状态，患病时的形态，患病时的状态，只有全部了解的人才能成为医生，也只有医生能够学到这些。'我当时小，只觉得这些话好像很厉害，如今取得医生资格之后才真正理解这句话的含义。"

"原来如此，这句话分别对应了解剖学、生理学、病理学和临床医学啊。"老师佩服地点了点头。

"我以前听说，老师做医生是为了救人。"

"嗯，准确来说是想帮忙救人，如今我的想法依然没变。"

"您想放弃研究，成为纯粹的临床医学家吗？"夏目问出这句话时语尾并未上扬。

老师摇了摇头。

"我今后要做的职业不能称为医生。"不知什么时候，老师的眼中浮现出只能称之为苦涩的神情。

"我要放弃医生一职。"

"不仅仅是医学研究，连医生的工作也要放弃吗？"

"嗯。"

"那您要做什么呢？"

老师没有理会夏目的质问，抬头久久望着天花板，仿佛那里有什么重要的东西。

当他重新看向夏目时，先前的悲壮感已经消失，他已经恢复了平时清爽的表情。

老师挺直腰杆，用符合东都大学医学院教授的威严表情说道："我要做医生做不到，又只能由医生来做，而任何医生都无法完成的事情。"

夏目刚刚和羽岛、森川和纱希共进晚餐。夜间的学校食堂很冷清，一半以上的地方已经关上了灯。尽管夏目不喜欢这种寂寥的气氛，但这是考虑到为白天的学生数量所做的设计，他也不能说什么。

"不过，之前不是有传言嘛。等我们毕业后，西条老师就不收博士了，也不再作为研究代表申请外部的研究资金。"

羽岛说完，装模作样地点了两下头。

夏目摇了摇头："也有传言说有研究条件更好的地方在挖老师，包括外国的机构。人事变动只要没决定就不能透露，这是规定。就算是国外，我也打算跟着老师一起去。可是……"老师怎么会辞去大学的职务，还要放弃研究。

森川插了一句："无论是学生还是科研经费，一般只要离开大学就会带走。我可没听说过为了调动好几年不收学生，也不申请研究费用的。"

"也许是这样。但正因为如此，老师要出国的传言才更可信。因为老师是优秀的研究员，总是指责日本医疗和研究中存在的各种问题。而且……"

"而且？"纱希扬了扬眉毛。

"老师失去了妻子和女儿，如今独身。我觉得他也可能因为这个原因离开日本去国外开始新的研究生活。"

"两人都去世了，是意外吗？"森川疑惑地问。

"不，老师的妻子在十年前因病去世了。"

老师在还是医学院学生的时候，爱上了与自己同为基督教徒的东都大学医学院事务员，后来两人结了婚。老师作为医生，让妻子因病去世该多懊悔啊。

森川接着问："老师的女儿是什么时候去世的，怎么去世的？"

"六年前吧，我不知道原因，不过……"

"不过？"

"有传言说是自杀，因为大学里没有人被邀请去参加葬礼。"

因为当时没有报道，所以可以确定不是事故或案件。如果是因病去世，没有人被邀请去葬礼就很不自然。如果是自杀，事情就合理了。

"自杀的原因是什么？"

羽岛冷冷地看了森川一眼："都不知道是不是自杀，你问原因也没人知道吧。"

夏目点了点头。老师女儿的死几乎完全是个谜，不能轻易询问，就算问了，老师应该也不会回答。

"妻子和女儿的死与老师的辞职会有关系吗？"

"森川你这个问题还是没有意义。现在不知道老师辞职的原因，只要他没说'我不能告诉你们辞职的原因，不过与家人的死有关'，我们就没办法知道。"

确实，老师家人的死与辞职的关系现在看来并不明确。

不过，夏目只想知道老师辞职后要做什么，至少不能不去想。

夏目对身边的人说道："我特别在意老师说的，他辞去医生一职后要做'医生做不到，又只能由医生来做，而任何医生都无法完成的事情'这句话。"

老师说完那句奇怪的话之后，夏目当然问了其中的含义。

但老师只是带着意味深长的微笑，让夏目不要担心博士学位的事，如果想继续研究现在这个领域，他保证可以为他介绍很多职位。然后老师说和别人约好了一起吃午饭，离开了房间。虽然夏目不想放弃，但是看这个样子，无论坚持多久老师都不会再多说了。

"医生不能做，又只能由医生来做什么的本身就自相矛盾吧，像谜语一样。"纱希歪着头说道。

"老师不会说出单单只是自相矛盾的话。"夏目撇了撇嘴，"羽岛你怎么想？"

羽岛抱起胳膊："刚才，我听你说这句话的时候第一个想到的是基础研究。"

"什么意思？"

"说到医生的使命，最重要的就是拯救患者。当然了，致力于基础研究也间接对拯救患者做出了贡献。但是，可以说不直接拯救患者就'不是医生'，另外如果不是医生，就很难得到从患者身上采集的样本进行基础研究，所以说'只有医生能做到'也算合理。"

"但老师说他放弃研究了啊。"

"是啊。"羽岛点了点头。"而且'任何医生都无法完成的事情'这种说法不能用基础研究来解释。有很多人虽然有医师资格证，却从不治疗病人而致力于基础研究，我就是这样。"

"做政治家呢？"森川说道。

"嗯。"羽岛陷入思考，"成为政治家确实不能直接帮助患者，也许能够提出只有医生才能提出的政策提案。也算符合医生不能做，又只能由医生来做的条件。"

"果然是政治家吧！"

"不，"羽岛坚决地否定了。"政治家也不符合'任何医生都无法完成的事情'这个条件，因为以前也有过成为政治家的医生。"

"如果是总理大臣呢？"森川不肯罢休。

夏目和羽岛都哑然失笑，然后夏目露出严肃的表情说道："我无论如何都不认为老师会离开医学研究和医疗领域。"

"你为什么这样想？"

"你们知道上个月发现 iPS 细胞（一般指诱导性多能干细胞）的新闻吧？"

三人都点了点头，只有纱希稍微慢了一步。

"当时刚好轮到我在研究小组介绍论文，因为那毋庸置疑是世纪性的重大发现，所以我毫不犹豫地选择介绍那篇论文。老师当时也眼睛发亮，积极地参与了讨论。他兴奋地说这会大大改变世界，肯定能得诺贝尔奖。"

"诺贝尔奖确实没问题了吧。"羽岛表示同意。

夏目冲羽岛点了点头："当然，我在研究小组介绍这篇论文之前，老师应该已经仔细读过了，但他依然想和我们一起分享面对这一大发现的兴奋之情。我切身体会到了老师作为研究员的喜悦，作为医生和教育者的热情。老师似乎在几年前就决定离开大学了，但这段时间，无论是我还是其他人都完全没有发现老师对研究和医疗的热情有丝毫减弱。当然，老师是品格高尚的人，但是无论品德多高尚的人，在决定放弃后都做不到连续多年对研究保持不变的热情吧。"

"这个世界上有各种各样的人嘛，有的老师在即将退休时会放慢研究节奏，也有的老师直到退休都全力以赴。"森川抱着胳膊说道。

不是的，夏目想，老师原本就不是按照退休的普通流程辞职的。

夏目脑海中浮现出老师今天与他谈话时充满苦涩的表情。如果他是自愿离开大学的，就不会露出那副表情。老师并没有失去对医疗和研究的热情。

夏目的脑海中再次准确地重现了老师说过的一句话：

"我今后要做的职业不能称为医生。我要放弃医生一职。"

那句话是什么意思呢？夏目再次陷入思考。如果只是辞去医生一职，就用不着说"不能称为医生"这样的话。这种说法可以理解为虽然是医生，但自己并不认可那样的事是医生该做的。如果是这样，就可以理解"医生不能做，又只能由医生来做"这句话，而不会自相矛盾了。

老师会不会在辞职后继续当医生呢？就算因为某种原因，他自己不承认那是医生。

但是，关于任何医生都无法完成这句话，夏目完全无法想象出其中的含义。当时，情感的动摇已经从老师的表情中消失了，他的眼中没有一丝阴霾。虽然老师的眼睛一如既往的清澈，但是如今回想起来，夏目觉得那份透明感比平时更上了一层台阶。

甚至可以说太过于通透。

3. 2016年9月21日（周三）　浦安　湾岸医疗中心

LED 无影灯下铺着蓝色的无菌布。和很久以前用的金属卤化物灯（简称金卤灯）不同，LED 无影灯不会让做手术的人热到流汗，在散热低的基础上还能够配合手术情况调节灯光的颜色。

根据今天早上报纸上的内容可以得知，白色 LED 灯的白色光线是由蓝色 LED 灯和黄色 LED 灯的光线混合而成的，由此可见，日本人发明的蓝色 LED 灯对外科医生来说是巨大的福音。湾岸医疗中心医院的呼吸外科医生宇垣玲奈一边看着手术进行一边这样想着。

通过无菌布上的小洞可以勉强看到患者身上切开的一部分病变脏器。正沉睡在无菌布下的是年近五十岁的厚生劳动省现役官僚柳泽昌志，但是没有任何东西能显示出他的个人特征。

如今癌症已经随处可见，只要能做到早期发现，就不是太可怕的疾病。像这位患者一样通过 CT 图像诊断发现癌症早期症状的病例也在逐年增加。

湾岸医疗中心独自开发了致力于发现癌症早期症状的诊断项目，成果卓绝。尽管需要高昂的费用，但是，政界官僚、财经界的商人、娱乐圈的艺人，甚至黑帮分子等各个领域的人都接受过湾岸医疗中心的"癌症诊断体检"。柳泽就是通过包含在该体检项目中的 CT 检查发现自己罹患肺癌的人之一。

现代日本，每两个人中就有一个人会在一生中罹患一次癌症。日本男性每十个人中就有一人会得一次肺癌，不过像柳泽这样在五十岁之前就发现罹患肺癌的病例并不多见。湾岸医疗中心的检查精度很高，因此可以在患者年轻时就诊断出原本会在患者年龄层更大、肿瘤体积更大时才能发现的癌症。不过，能够在早期发现在职时间还很长的厚生劳动省官僚的癌症，确实是一件幸运的事。湾岸医疗中心最重要的任务之一就是为富裕阶层及官僚阶层这种社会影响力大的群体提供"医疗服务"。

"术中快速病理诊断的结果出来了。"

扬声器中传来病理科老练的病理医生嘶哑的声音。

安装在手术台旁边的大型液晶屏幕上的画面切换，放大显示出显微镜下柳泽肺部提取的肿瘤CT图像。这是术中快速病理诊断的结果，可以在短时间内查清需要摘除肿瘤的恶性程度。

病理医生通过扬声器开始描述病理学上的发现。不过就算不听到最后，只看CT图像就能一目了然，这是恶性肺腺癌。

宇垣在说明结束后对着屏幕询问道："根据野口分类[1]，可以认为病人属于D型肺腺癌吧？"

在短暂的沉默后，病理医生的声音郑重地传来："从病理切片报告单中显示出来的免疫组化增殖指标，可以看出这是侵袭性最高的低分化型肺腺癌，可以判断为D型肺腺癌。"

明白了。

"谢谢你。"宇垣对着屏幕道谢后向参与手术的人员宣布，"在胸腔镜辅助下进行右肺上叶切除手术和淋巴结清扫术。"

在手术前的CT图像中，肺部有直径一厘米、边界不明的阴影，根据这些特征可以认定是肺部肿瘤。因为良性肿瘤很少见，所以结果是恶性肿瘤的可能性很高，不过在病理医生确诊之前依然不能掉以轻心。

这是福音，宇垣一边为结扎肺上叶静脉做着必要准备一边想，这个男人的人生会由于肺癌发生改变。

1　20mm以下的小肺腺癌在病理学上可分为六类，统称为野口分类。——译者注

这个病人几乎没有癌症转移的可能性，并且宇垣打从心底祈祷没有转移。外科医生期望手术成功是理所当然的，但是宇垣想，像我这样打从心底祈祷没有转移的外科医生究竟有多少呢？

因为只是祈祷依然会感到不安，所以经过柳泽的同意后，决定在手术后使用抗癌剂进行辅助化疗。辅助化疗是为了利用抗癌剂击溃有可能存在的微小转移灶，通常情况下，如果在肺癌中没有发现两厘米以下的转移灶，就不会进行术后辅助化疗。因为此前的临床试验结果显示，辅助化疗对极早期的癌症无法确定其有效性。

但是，尽管无法在统计学上证明其有效性，但是试验结果证明，进行术后辅助化疗的实验组患者的生存率稍高。无论如何必须防止患者身上癌细胞的转移，就算只有安慰程度的作用，使用术后辅助化疗也有其价值。

为了防止癌细胞转移，采用的并非只有辅助化学疗法。

有一种假设认为手术时，癌细胞流入血液会引起转移，称为术中血行转移。为了预防这种尚未证明确实存在的现象，手术中采取了结扎肿瘤旁的流出静脉的措施。这样应该可以减少通过术中血行转移流出的癌细胞转移到全身的危险。

这次的治疗极为慎重，甚至只要被认为是没有意义的，就无法基于科学证据进行反论。尽管如此，宇垣依然采用了辅助化疗和流出静脉结扎处理技术，表现出尽可能杜绝癌细胞转移的强烈决心。

她利用被称为自动缝合器的工具同时进行切断和订书机式缝合，在切断并缝合肺静脉、肺动脉和支气管后进行了右上叶的切除。不一会儿，钳子将切除的右上叶从十厘米左右的开胸处拉出。肺由左右两部分组成，左右两边又分别由肺叶构成。构成右侧肺的有上、中、下三叶，现在的手术是通过直视摘除有癌细胞产生的上叶。

面对这种程度的初期癌症，很多医生会选择侵袭性更低的完全胸腔镜手术，只靠内视镜进行，也可以选择不切除全部上叶，只进行切除范围更狭窄的区域切除手术。

这次手术中也用了胸腔镜作为辅助工具，不过毕竟只是辅助工具，重要的操作都在肉眼下进行。不能仅仅关注侵袭性的高低而忽略了最关键的可根治程度。

虽然完全胸腔镜手术留下的术后创伤更小，但是很久以前的手术要充分切开肺部所在的胸腔，导致留下十厘米长的疤痕。与之相比，正在进行的小开胸手术与也称得上侵袭性极低了，而且根据宇垣的判断，至少对于这次的病人，小开胸手术在安全性和精准性方面会更高。

接下来要进行纵隔淋巴结清扫术，清扫周围的淋巴结。除了经过血管扩散，癌细胞还具有从产生部位沿淋巴液扩散的性质。淋巴结清扫是预防性地切除可能发生癌细胞转移的淋巴结，有防止肿瘤残余引起癌症复发的效果。

结束胸腔清洗等必要措施后，两根导管分别装在了肺叶上部和后方，用来排出术后积攒在胸腔内多余的空气和血液，然后医生缝合了柳泽的创口。如果情况良好，导管可以在五天后拔掉。

宇垣再次祈祷，希望没有发生其他脏器和淋巴结的转移。一旦发现转移，此前的努力都会化为泡影。

宇垣完成了这场手术后，确认柳泽已经恢复意识，就告诉迷迷糊糊的他手术很成功，向其他员工做完后续处理事项的指示后离开了手术室。

宇垣脱下手术服，换上看诊用的白大褂后看向装在储物柜里的镜子。

她平时很注重饮食，也会定期去健身房运动。前些天，她在买化妆品的店里做了皮肤年龄测试，因为皮肤年龄保持着比实际年龄年轻得多的状态而受到了称赞。

但是镜中的脸上显露出浓重的疲劳。尽管这场手术的难度不大，但是手术中需要万分的小心谨慎，做完一场手术后出现一定程度的疲劳在所难免。然而，贴在她脸上的似乎是更加慢性的疲劳。

她为自己所做的事情感到骄傲，认为自己在做正确的事，但这又是确确实实的犯罪行为。

如果我有家人，当我被判决有罪时，他们一定会受到深深的伤害。到时候如果我有了孩子，那孩子将不得不作为罪犯的孩子一生背负着十字架生活。不知是幸运还是不幸，自己已经没有家人，只要保持现在这样的独身状态，就不需要担心家人。

如果一辈子都没有暴露呢？

那就不会有任何问题。但是那种事真的有可能发生吗？

计划正在谨慎推进中，因为得知该计划的人都是经过严格筛选过的，所以首先可以认定这件事不会因为内部告发而暴露。

因为外人甚至无从知晓究竟发生了什么，所以不可能产生怀疑。

而且就算出了什么差错，出现了暴露的危险，我们也可以靠此前构筑完成的强大关系网来解决。

尽管如此，世界上没有绝对的事情。更何况我们这些人面对的是人类这种生物。这种生物存在众多不确定性，因此医疗中没有绝对。既然如此，认为自己所做的事情绝对不会暴露，也未免过于乐观了。

如果现在马上从医院辞职呢？

不可能，自己不能背叛"老师"。

而且就算是自己，老师也绝对不会原谅背叛者吧。

不是因为老师会遭到背叛而愤怒，背叛者只会被当作实现计划的风险要素而遭到排除。老师应该也考虑过我背叛的可能性，等到老师决定排除我的时候，我的人生也就真的结束了。

宇垣从昏暗的思考深渊中浮出，为镜中的自己像能乐面具一样的脸而感到惊讶。

她想露出一个微笑，但是脸左右不对称，只是奇妙地颤抖了一下。她慌忙关上储物柜，储物间中响起一声巨响，连她自己都大吃一惊。

透过手术室门上的毛玻璃可以看到对面的人影，应该是完成术后处理的护士们。可以感觉到他们似乎听见了这边发出的巨大声响，正在犹豫要不要开门。她跑向走廊一侧的门，逃也似的离开了储物间。

宇垣插卡后从病房三楼进入研究所，站在原地做了一次深呼吸。

她走在铺着白色油毡的走廊上想，研究所果然能让人平静下来。

湾岸医疗中心里同时建立了研究所。虽说是同时建立，其实是直接在住院楼上扩建而成的，层数与病房同为五层，外墙的外观统一，所以从外部看只会被当成住院楼的一部分。但是内部就连空调和上下水管道都完全独立，就算从病房进入研究所也必须有专用认证的IC卡。

刚才感到的不安仿佛都是假的。宇垣对自己的变化感到些许疑惑，同时对自己说，感到些许不安也是没有办法的事情，想到自己参与的这件大事，感受不到任何不安反而不自然。

不久前，老师给宇垣介绍了某项研究，仿佛看透了她心中的不安。

"有这样一个心理研究。"当时，老师坐在理事长室沙发对面的椅子上，眼神清澈地直视着她。那份清澈甚至让她觉得自己的身影并没有映在老师的眼中。

"接受试验的人分为两组进行演讲。每名参加者并不知道自己被分到了哪一组，也不知道实验是什么样子的。被分到A组的人会在演讲时受到听众的肯定，得到点头和拍手等回应；B组的人则会收到观众的摇头或皱眉。"

宇垣点了点头。

老师接着说道："演讲结束后，我们会利用剪纸对所有人进行独创性测试。这个测试是被普遍使用的评价方法。你觉得哪一组的独创性分数会更高？"

答案很快就能得出，甚至不需要复杂的逻辑性思考，只要自己充分信任老师就可以得出答案。老师的计划是建立在多个依据上的，是周密的计划。如果 A 组的分数更高，不就说明这个计划无法引导人们走向更好的方向吗？所以答案是确定的。

"是 B 组吧。"

老师满意地点了点头："忧郁的心情能增强人们的独创性。亚里士多德早在公元前 4 世纪就指出，包括苏格拉底和柏拉图在内的伟人们都拥有忧郁的气质。另外，像凡·高和太宰治那样自杀的天才也不胜枚举，米开朗琪罗、达·芬奇、巴尔扎克、托尔斯泰、海明威、宫泽贤治、柴可夫斯基和舒曼皆是如此，他们都有忧郁症的倾向。在政治家中，林肯和丘吉尔这样青史留名的政治家也留下了气质忧郁的记录。你知道为什么感受着苦恼和不安的人们能够成就伟业吗？"

宇垣思考了一下，没能给出答案。她能够从感情上理解，却无法组织成语言表达出来，于是摇着头说了句"不知道"。

"答案并不复杂。"老师微笑着说道，"其实我觉得你在感情上应该能充分理解，情绪和认知有很深的关系。悲伤和不安能让我们更加谨慎，更加关心细节。"

宇垣听了这话后如醍醐灌顶。和老师对话总能不断得到这样的震撼。悲伤和不安能让我们更加谨慎，这是多么出色、多么令人平静的话啊。

"不要对细节耿耿于怀，我经常听到这样的话。"

老师点了点头："这句话经常被理解为不要考虑细节。当今社会，总是在宣传开朗、愉快地生活是人生中最重要的事，人们放弃了细腻的思考而变得愚蠢。真是可悲可叹！"

宇垣狠狠点了点头。

老师说道："在只有幸福至上的社会中，苦恼与不安被当成一种疾病。当今社会，身患重病的人和患忧郁症的人是不幸的，他们都会被看作是不幸脱离社会轨道的人。过去不一样。苦恼与不安，死亡与毁灭在日本文化中被当作宿命。我们的国土接二连三地遭遇地震及随之而来的海啸、火山喷发、洪水等各种各样的灾害。毁灭包含在我们的国土之中，日本人将其当作一种审美意识，其中形成了日本人独特的情绪。"

"是的。"

"阪神—淡路大地震中，众多人直面了严重的危机。311 大地震发生后，有不少当时的受灾者来到受灾地慰问，他们理解受灾者的心情，与他们分担伤痛，是最好的帮助者。熊本地震时，311 大地震的受灾者们也曾竭尽全力支援受灾地。"

"但是天灾无法人为引发，而且即使引发天灾成为可能，那种天灾也会被划分在人祸的范围里。"

老师点了点头："是啊。而且会有众多无辜的人失去生命，从这个角度来看，降下天灾果然是神明的工作。"

"那么，不因天灾造成的死亡，比如疾病造成的死亡又该如何看待呢？"

老师露出一个恶作剧似的微笑："疾病与天灾不同，是更加个人化的东西。如果从由命运决定这一点上来说，依然只能是神明的工作吧。但是，与需要超现实的巨大能量的天灾不同的是，现在的科学水平已经可以控制疾病。"

"嗯，这就是医生的工作。"

"多亏参加过体检的人帮我们口头宣传，想要接受癌症诊断体检的人不断增加。以后需要拜托宇垣医生操刀的癌症早期手术也会渐渐增加吧。"

"我们的癌症诊断体检与其他医院相比，能发现更小的肿瘤。而且就算万一发现了转移现象，我们也能利用特有的治疗法阻止癌症扩散。因为能够不断拿出优秀的治疗成效，好口碑自然越传越广。"

"虽然会多花些钱。"老师愉快地笑了。

"这是没办法的事。" 宇垣斩钉截铁地说道，"因为我们做的是私人定制医疗嘛。"

私人定制医疗，宇垣走在研究所的走廊上琢磨着刚才的话。是啊，我们在做的是彻底的私人定制医疗，因此能够保证优秀的治疗成效，就连在一般情况下绝对没救的癌症晚期也能控制。

宇垣停住脚步，望着左手边延伸到远处的玻璃墙后面的研究室。室内摆着一排玻璃无菌操作台，利用气流阻止外部杂菌侵入。

操作员站在巨大的玻璃箱面前，只将消过毒的手从面前的缝隙中伸入箱子进行操作。无菌操作台内部进行的操作种类有很多，这间研究室主要培养从患者身上提取的癌细胞。

如果是普通医院，辨别细胞性质时会使用病理检查中特定的细胞显微镜进行观察，再结合检查与癌症相关的几种遗传因子来确定治疗方针。这里当然也会进行这些标准检查，在此基础上还会培养从患者身上提取的癌细胞来调查其性质。

无菌操作台前的操作员全都是女性，大多数人没有接受过专业教育。她们所做的工作本身只需基于此前对生物学知识的积累，要理解操作内容需要拥有高度专业的知识。但是执行操作本身并不需要理解其中的意义，就像不知道电视机的放映原理也能通过简单的操作观看一样。

比起专业知识，集中力和认真，对培养癌细胞来说更加重要。宇垣看着默默操作的女人们的背影想道。因为她们正在做的工作要保密，专业知识反而有害。在普通医院，这个房间中正在进行的操作应该在检查室由临床检查 CT 技师来完成，而这里并不追求操作者的专业性，所以会雇用她们作为研究业务辅助员。根据此前的经验得出的结论是，大多数女性比男性更适合这项业务。由于这些检查工作在法律上并非垄断工作，所以没有资格证的人也可以从事。

对操作内容有兴趣，总是问各种问题，干劲十足的新人在试用期都会被辞退，长期在这里工作的女人们也许会感到疑惑吧。但是她们至少还有足够的智慧和判断力，为了保住这份工作时间短而工资高的工作，能将些许疑问留在心里而不是问出口。

她们今天也在踏实地工作，宇垣满意地走进走廊尽头的直梯，上到最高层五层。

她插入 IC 卡，解除了电梯内设置的门禁锁。五层有五个房间，都是包含自己在内的研究所管理层的房间，不过每个房间都没有门。

能进入五层的只有管理层，和部下见面时，管理层会去特定地点。

宇垣进入自己的房间坐好，打开电脑上的邮件软件给老师写了一封邮件。

主题　reply（回复）：关于柳泽昌志

正文：承蒙关照。柳泽昌志先生的手术顺利结束，谨此报告。手术中使用小开胸法切除了右肺上叶。研究所正在处理肿瘤中，即将进入术后辅助化疗阶段。

宇垣检查过邮件，确定没有遗漏后点了发送。

接下来她打开了名叫诺伦的数据库。画面上出现了一个像是北欧人的金发女子的侧脸，然后出现了主菜单。诺伦系统完全独立于管理电子病历等文件的医院系统。

比起医疗信息系统，诺伦的操作画面更接近于商用日程管理软件。不仅仅是外观，实际功能也完全是特殊日程管理软件。

宇垣调出柳泽的信息，在此前的诊疗和治疗经历中加入了今天手术的信息。柳泽的信息是"厚生劳动省任务组"中最新的一个，身份一栏写着 Not yet recruiting（尚未招募）。因为今天的手术很成功，和登记在任务组中的其他"资产"一样，距离他为计划完成而努力的那天应该不远了。

宇垣打开柳泽的文件夹确认内容。柳泽昌志，四十七岁。从东都大学毕业后就职于旧厚生省。之后负责医用药品审查，如今被调职到了独立行政法人医药品医疗器械综合机构。家庭成员除他本人之外还有一名做专职主妇的妻子，两个分别上大学和高中的女儿。全家人一起住在三鹰的一间商品房中。

文件夹里有好几张照片。这些照片都是从网页上下载的，是为演讲会拍摄的，照片上的柳泽穿着西装，精力充沛、自信满满。

在癌症体检的 CT 图像中查出可能患有癌症后，来到诊察室的柳泽不过是个满脸憔悴的悲伤中年男人，不过从以前的成绩来看，他确实是一个毋庸置疑的厚生劳动省优秀官僚。

就让柳泽为我们尽力解决厚生劳动省和日本药剂行政中的各种问题吧。从登记的数据来看，他在新药审核过程的高效化等问题上已经有了出色的成绩，不过应该还有努力的余地。

"你还能更加努力，没错，因为只要拼死努力，没有办不成的事。"

宇垣冲着显示器上柳泽的照片微笑道，然后将今后的计划输入了这个以北欧神话中命运女神的名字命名的数据库中。

过一会儿去病房看看柳泽的情况好了，他是特殊的患者，不能忽略任何微小的异常。

这时，她听到了邮件到达的声音。她看过标题后打开了这封技术员发来的邮件，这是她期待已久的邮件。

标题：DNA 鉴定解析结果

正文：宇垣医生

承蒙关照。

您委托的 DNA 鉴定解析结果已经出来了，详情请见附件。

本次您委托的人体组织样本无法确认为同一人。

请多多关照。

宇垣大大叹了一口气，又错了吗？

她双击附件后打开文件，确认其中的数据。

信号的形状是连绵的突起，仿佛拔地而起的尖刺。

老师在找杀死女儿的凶手。

这次解析的样本是因连续对女性施暴入狱的男人的头发，最近已经出狱。老师委托手下的反社会势力用有些粗暴的方式取得了人体组织样本，宇垣也见证了样本提取过程。

宇垣接受了老师的委托，寻找老师女儿体内残留精液的 DNA 的主人。

这次这个男人的嫌疑很大，尽管被逮捕后，男人自己供出的受害人中不包括老师的女儿，但他并不一定供出了所有受害者。

我忍了这么久，终于等到他被释放，结果他并非夺去老师女儿生命的凶手。宇垣咬紧嘴唇。

凶手没有直接夺走老师女儿的生命，也并没打算杀死她。恐怕就算告诉凶手那个女孩已经死了，凶手也会惊讶地说自己完全没有想到吧。

宇垣右手撑着脸颊，冰凉的手靠在有些发热的脸上感觉很舒服。

老师听到结果后会怎么想呢？

会失望吗？或者说老师已经接受了一切结果。

无论结果如何，老师一定想尽早知晓。

宇垣看了看墙上的挂钟，十二点十八分，不知道老师在不在房间。

她拿起话筒拨通了理事长室的电话。

和往常一样，老师在电话响了三声后接起。

宇垣敲了敲理事长室的门，听到回应后推开大门。大大的窗户对面是宽广的东京湾，河水反射出巨大的光芒旋涡，老师背对旋涡而站，变成了一个逆光的剪影。

宇垣眯起眼睛，老师悠闲地指了指用来接待客人的沙发让她坐下。宇垣鞠了一躬后坐在了沙发上。

"你说吧。"老师说着坐在了宇垣对面的沙发上。宇垣看不清他的表情，只能看到老师嘴角浮现出和往常一样的微笑。

"我先说结论，片山良二不是杀死惠里香的凶手，这是解析结果。"宇垣取出信封中的资料放在桌子上。

老师轻轻点了点头，伸手取过资料迅速浏览了一遍，然后又缓缓点了点头。

"我明白数据内容了，DNA确实是片山的吧？"

"没错，我见证了提取过程。"

"应该是这样。"

"您听说了吗？我以前就说过，我不相信那些人。"

"主治医生必须信任患者。"老师苦笑着说道，"相互信任是做好医疗的必要条件。"

"虽说如此。"

"虽说你不信任他们，但是亲自在旁见证实在风险太大。如果我事先知道的话一定会阻止你的。"老师说着，幅度很小地摇了摇头，表情很为难的样子。

"十分抱歉。"宇垣低下了头。

"已经过去的事就不要提了。虽说无法改变片山无可救药的事实，不过至少确定了他不是惠里香的仇人。"

"非常遗憾。"

老师再次缓缓摇了摇头，动作幅度很大："不，没什么可遗憾的。这种脚踏实地的工作只能一一排除每种可能性。"

"是的。"

"事情已经过去了很久，情况不容乐观，不过最近我们也增加了有权有势的警察同伴。我想有了他们的帮助，再配合我们的独自调查，总有一天会找到凶手的。很抱歉把你卷进我的私事里，同时我深表感谢，因为这不是可以随便拜托给任何人的事情。"

宇垣点了点头。

"对了，还有个好消息。"老师说着站了起来，从办公桌上的三角形信封里取出一份文件交给坐在沙发上的宇垣，那副表情就像一个父亲亲手将孩子梦寐以求的玩具交到了她手里。

宇垣看了看文件，她马上理解了上面的内容，睁大眼睛抬头看着老师。

"最大的收获是日本癌症中心研究所吧。"

"是的。"

"你去年治疗的厚生劳动省官僚也起到了很好的效果。我们顺利拿到了职员定期体检的订单。"

"我很期待。"

"我以前也说过，日本癌症中心研究所有我的学生。"

"是夏目医生吧？"宇垣已经按照老师的指示，向夏目所在的日本癌症中心研究所肿瘤内科送去了好几名病人。

"嗯。我以前也说过，他这人有些不同寻常。虽然作为肿瘤内科医生很值得信赖，但是性格有些顽固，有时候太死心眼。不过他这人不太在意细节，应该不会阻碍我们的计划。"

"日本癌症中心研究所的医生都很繁忙，应该不会在意与治疗没有直接关系的细节，就算去保险公司咨询过，应该也会把那些事情当成偶然事件。就算他认为那不是偶然，应该也弄不明白究竟发生了什么。"

老师嘴角浮现出微笑。"拯救计划在技术层面也即将完成。此前我们一直在被动推行计划，不过……"他将目光转向窗外那片光之海洋，眯起眼睛说，"以后就能主动推进计划了。我们要拯救这个国家，拯救世界。留给我们的时间不多了，但是，我们不就是应该在有限的时间里做到力所能及的事情吗？"

4. 同日　湾岸医疗中心

虽然鼻孔里插着氧气管，但床上的人依然觉得喘不上气来。术前说明时，医生确实说过手术会让他丧失百分之十五的肺活量。

百分之十五！原来只丧失这么少的功能就会如此令人窒息吗？柳泽昌志躺在稍稍抬起上半身的病床上想。

那个名叫宇垣的女医生虽然技术不错，但是她真的没有在做手术时犯下大错吗？或者癌细胞的扩散比想象中更广，所以切除的肺部比预定中的体积更大？

喉咙里积攒了不少痰。他想把痰咳出来，但是手术中切开的右胸传来疼痛，让他无法咳嗽。柳泽安慰自己，虽然既喘不上气又无法咳痰让他感到很难受，但并没到无法忍受的程度。

同屋的男人在手术后频繁呼叫护士，一个劲儿抱怨疼。那真是太可怜了。从他和探病的人的对话里能够听出他是某个大企业的总经理，一直嚷嚷着没有单间让他很不满意，也不在乎同屋人的感受。

虽然他自己觉得只是在抱怨医院不好，但是听在同屋的人耳朵里，只会觉得他认为自己妨碍了他。真应该给他那种人留出单间才对。

柳泽想着这些无聊的事情，焦躁地摇了摇头。毕竟刚刚做完手术，身体有各种不适也在所难免。他想等宇垣医生来了之后和她谈谈，在那之前都不要太在意。

透过三楼病房的窗户能看到浦安的大海，他上次这样悠闲地看海是什么时候的事了呢？作为厚生劳动省官僚，他始终过着匆忙的日子，也许这次刚好能够借助养病好好休息一下。柳泽一边回顾之前发生的事一边想。

推荐他接受湾岸医疗中心的癌症诊断体检的人是与他同时进入厚

生劳动省的山口。柳泽和山口的家族都有癌症病史，家里有不止一个亲人因癌症去世。在听山口提到这里之前，柳泽完全不知道湾岸医疗中心。这家综合医院与自己在三鹰的家相距甚远，有三百来张病床。

山口也是听别人提到这家医院的癌症诊断体检后前来看病，结果通过直肠内视镜发现了极早期的直肠癌，然后直接通过内视镜进行了简单的切除手术。他说做完手术到现在为止都没有发现转移。

以前的山口绝对称不上不知疲倦努力工作的人，出院后不久，他就像变了个人似的开始奋发工作。不仅仅是工作量增加，工作质量也比以前提升不少，他不断提出优秀的方案。周围人都认为这恐怕是由于他身上查出了直肠癌，虽说处于极早期，但他因为害怕转移而重新审视了人生。

柳泽的父亲在几年前死于肺癌。通过父亲的死，柳泽得知如今的医疗技术已经进步到能够很大程度抑制癌症晚期的痛苦的阶段。癌症晚期会带来强烈的疼痛，医生会在疼痛尚不强烈的时期使用以洛索洛芬钠及阿司匹林为代表的非类固醇消炎药。当疼痛增强之后，则会使用止痛作用更强的鸦片类药物，比如吗啡。

柳泽的父亲也在初期使用非类固醇消炎药物镇痛，但此类药物渐渐失效。他因为疼痛彻夜难眠，食欲开始减退，于是主治医生为他换上了强力的鸦片类止痛药。

鸦片类止痛药是药效上的名称，吗啡在法律上属于毒品。

吗啡的使用抑制了父亲的疼痛。他晚上能睡着了，食欲也开始恢复。

吗啡在止痛的同时会让人精神恍惚。刚开始使用吗啡时，父亲清醒的时间还比较长，但他的体力随着癌症的扩散开始下降，睡眠时间越来越长，不过清醒时依然能与人对话。

"我以为自己一辈子都不会碰毒品，没想到在人生的最后阶段还是受它照顾了。"曾经是警察的父亲开着玩笑。他似乎很喜欢这个玩笑，在来探望他的警察后辈们面前屡屡提起。

很多人使用吗啡止痛后睡眠时间逐渐增长，最后停止了呼吸。

但是柳泽的父亲却出现了吗啡都无法抑制的强烈疼痛。而且他因为疼痛而意识不清，会大喊、会胡闹，出现了谵妄[1]的症状。

看着父亲痛苦的样子，医生提出使用镇静剂进行终末期镇静。如果使用镇静剂让病人进入睡眠就不会痛苦，但这毕竟是最终手段。

终末镇静剂经常被拿来和积极安乐死进行比较。

积极安乐死是以死亡为目的给予毒药，在如今的日本是违反法律的。另一方面，终末期镇静是以消除痛苦为目的让病人睡觉的手段。两种方法在法律上有明确区分，但服药后患者都会在失去意识中走向死亡，两种方法在这一点上没有区别。实际上一部分实施过终末期镇静的医生在调查问卷中回答，他们认为"终末期镇静与安乐死没有太大区别"。现在，学会要求实施终末期镇静要经过多位医生共同判断。

柳泽的父亲希望实施终末期镇静，柳泽因为终末期镇静与安乐死

1　中医病症名。由于高烧、中毒或由感染引起的精神病等所出现的意识障碍。主要症状是神志恍惚，对时间、地点和周围的事物不能正确辨认，可有幻觉、错觉、说胡话等。——译者注

相似而犹豫，而且他觉得实现父亲的期望相当于同意他自杀。

父亲的表情曾经在吗啡的作用下相当平静，此时却因为痛苦而扭曲。他看着柳泽苦恼的样子说道："不管怎么说，我的时间已经不多了。看着我痛苦的样子你们也不好受吧，这是痛苦的连锁反应，就让我睡吧。"

因为父亲这番话，柳泽最终同意实施终末期镇静。

他马上叫来了亲人，第二天，父亲与亲人进行最后的告别后注射了镇静剂。那一瞬间，父亲一边流泪一边露出最灿烂的笑容。

事到如今，柳泽依然不知道当时的决定是否正确。积极安乐死与终末期镇静的区别究竟是什么？不都是放弃了父亲的生命吗？

柳泽明确反对无限制地扩大终末期镇静的实施范围。

但是对于像父亲那样，连吗啡都无法止痛的患者来说，终末期镇静作为最后的选择还是必要的吧。不会有结论的，就算作为厚生劳动省官僚，这个问题也会成为要研究一辈子的课题。

通过父亲的死，柳泽充分了解到如今的医疗水平已经能够控制疼痛，随着医疗进步，工作到死亡前最后一刻的人已经不再少见。尽管柳泽的父亲最后时刻很痛苦，不过在本人认为无法忍受的时间点实施了终末期镇静。总的来说，父亲死亡的过程比柳泽想象中平静得多。以前应该不是这样的，医疗技术的进步十分明显。

反而是癌症患者身边的人对癌症的误解和不当的同情让他们的生活变得痛苦。

通过父亲的死，柳泽对癌症的认识发生了大幅改变。尽管如此，柳泽依然希望自己尽量避免因为癌症而死。他还有很多要以政客的身份实现的事情，两个女儿还小，他还想抱孙子。在早期发现癌症十分重要，他想选择尽量优秀的医院接受癌症诊断检查。

柳泽知道通常的体检只会拍摄单纯的胸部 X 光片，很容易看漏初期体积较小的肿瘤，再加上山口的强烈建议，他选择在湾岸医疗中心接受癌症诊断体检。

虽然正规的费用很昂贵，不过山口说只要满足一定条件就能享受很大的优惠。柳泽可以用家族有癌症病史的理由享受优惠。

另外，吸烟和肥胖等癌症高危人群也是享受优惠的对象。不过尽管山口适用于家族有癌症病史的优惠条件，但经他介绍的，做高中教师的哥哥却不满足优惠条件，可见优惠的标准并不明确。在因为遗传因素容易罹患癌症这一点上，兄弟俩应该没有区别才对。

除了癌症诊断体检本身质量出众，在湾岸医疗中心接受诊断检查还有另一个很大的优势。万一癌症在术后出现转移，在这里可以用他们独特的疗法进行治疗。这种疗法结合了化疗、放疗和免疫疗法，曾经取得过优异的治疗成效。

这种独特的治疗法是根据每个人的状态和癌症性质来实施的完全定制化医疗，非常费事，因此不能接受大量患者，原则上不接受在其他医院接受手术后发现转移的患者。

湾岸医疗中心的癌症诊断体检发现早期癌症的概率较高，再加上万一出现转移，也能进行有效的治疗，所以尽管价格昂贵，依然吸引了不少社会影响力大的人群。

当柳泽得知自己的肺部长了小肿瘤时受到了巨大冲击。尽管接受体检就是为了尽早发现，但自然是什么都没发现更好。

那天，结束了一系列检查后，宇垣医生来到诊室，果断告诉柳泽他的肺部存在肿瘤，需要进行手术。

面对突然得知自己得了癌症的柳泽，宇垣医生安静地微笑着，对他说道："不过请不要担心，您的肿瘤很可能是非小细胞肺癌。像这次发现的这种直径不到一厘米的肿瘤，只要进行手术几乎可以保证百分之百治愈。"

"百分之百？"

"嗯。当然，如果不进行手术，治愈的可能性就会越来越低。"

宇垣医生说完，在诊室的显示器上向他说明了手术时切除的肿瘤大小和转移情况，以及术后存活率。确实如她所说，如果肿瘤直径不到一厘米，那么发现转移后造成死亡的危险性就几乎没有。

"有没有可能不是癌症呢？"

"当然并非完全不可能。"

"不能确诊为癌症后再进行手术吗？"

"这种方法也可以。使用穿刺活检用针刺入肺部，取出一部分肿瘤在显微镜下确认是否为恶性。"

"我可以做吗？"虽然不想用针刺入肺部，但柳泽觉得这样总比做手术好。

"不是不行，但是因为肿瘤较小操作困难，而且如果肿瘤是恶性，有随着针孔扩散的危险，而且穿刺后有可能出现空气进入胸腔导致呼吸困难的情况，成为气胸。我认为根据您的情况，实施开胸手术直接切除肿瘤更好。肺部肿瘤是良性的概率本来就很小，而且就算是良性，也不是说不切除会更好。尽管良性肿瘤不会转移，但是长大后依然会压迫周围组织引发问题。"

"你刚才说开胸手术，不能做内视镜手术吗？我在网上查过，小肿瘤可以用内视镜手术切除。"

"是的，确实可以进行完全胸腔镜下手术，在胸口开一个小孔进行手术。但是我此次想要实施的小开胸手术也只会打开十厘米左右的开口，在胸腔镜的辅助下进行手术，因此负担较小，可以说是安全可靠的手术。"

"可以请你们用内视镜为我做手术吗？"

"如果您无论如何都希望进行完全胸腔镜下的手术，我会为您介绍其他医院，因为我认识完全胸腔镜下手术做得比我熟练得多的医生。"

宇垣说完后打开了浏览器，开始在收藏夹中检索某个医院主页，柳泽急忙制止了她。

"等一下，既然医生这么说了，一定请您帮我做小开胸手术。"

他可不想被转到某个莫名其妙的医院。虽然医生说转移的可能性几乎为零，但是在其他医院做过手术后万一发生转移，他就无法接受这所医院的独特疗法了。虽然柳泽平时负责包括抗癌剂在内的各种药剂的销售审查，不过对手术方面的了解与外行没有区别，而且正因为他负责抗癌剂的审查工作，所以很清楚其效果有限。

"好的，小开胸手术与以前的开胸手术相比，对身体的负担和疼痛感都要小得多，所以请不要担心。"

"您说伤口的大小是十厘米左右，对吧？"

"是的。"

柳泽试着用手指比画出十厘米的长度，把手指放在自己胸口。虽说是小开胸手术，不过他觉得考虑到自己一边胸口的宽度，这个伤口也够大的了。

宇垣医生看到他的动作，从抽屉中取出二十厘米长的丙烯尺子。

"十厘米是这么长，您刚才用手指比画的有十五厘米了。而且开胸不是在胸膛正面，而是在侧面，能不能稍微向右转一些，然后举起右手？"

柳泽按照她说的做了，宇垣医生将尺子放在柳泽身体上，手指沿着尺子移动。

"差不多就是这样切开。"

"哎呀，这样也不小吧？"

"以前是这样的。"宇垣医生的指头在柳泽身体上比画出一个三十厘米左右的长度。

柳泽打了个寒战。

"而且以前会切开肋骨做手术，您可以把胳膊放下了。"

柳泽重新转回正面："我不需要切开肋骨吗？"

"是的，不光是肋骨，连肌肉都几乎不需要切断。我会尽可能不切到肌肉，撑开肋骨之间的缝隙进行手术。"

柳泽试着把手指压在肋骨之间。他可不觉得这么小的缝隙能够轻易撑开，不过医生总有办法的吧。无论如何，既然不仅仅是骨头，就连肌肉都几乎不会切断，那么身体的负担确实很小，恢复起来也会比较快吧。

"那我就放心了，医生的解释真是简明易懂。"

宇垣医生带着慈爱的笑容看着柳泽，柳泽心想，如果说护士是白衣天使的话，那么这个人就是白衣女神了。

这位女神降临病房时，柳泽已经被呼吸困难、咳不出痰的恶心感折磨了三十分钟了。

"您感觉如何？"宇垣医生掀开帘子，露出与女神形象相符的笑容。

"我总觉得喘不上气来。肺活量降低百分之十五会这么难受吗？"

"不不不，"宇垣医生摇着头苦笑，"我想柳泽先生现在的肺部功能已经下降到原来的一半了。"

"欸？手术前不是说只会下降百分之十五……"一半什么的，这可和之前说的差距太大。手术失败了吗？柳泽突然觉得更喘不上气了。

"百分之十五是指肺部功能完全恢复之后，现在手术刚刚结束。不过请不要担心，这种情况不会一直持续下去的。"

"是吗？"柳泽稍稍放下心来，看来手术并没有失败。

"您吸气时伤口会疼吗？"

"嗯。"

"疼到无法忍受吗？"

柳泽稍微思考了一下，他不想让医生觉得自己忍耐力不行。

但是宇垣医生仿佛看透了他的想法。

"如果您觉得疼，请随时告诉我，因为每个人疼痛的程度有很大的区别。医院里的员工绝对不会因为病人频繁呼痛就觉得他们软弱的，我们会马上根据疼痛的强烈程度采取止痛措施。"

柳泽点了点头。既然随时都能止痛，他反而觉得要尽量不要求对方为自己止痛了。

"如果我忍着疼痛尽量不用药的话，能不能恢复得更快一些呢？"

"不，没有这回事。如果晚上因为疼痛睡不着觉的话，恢复会相应变慢。另外，就像我在手术前说的那样，如果身体能动，尽量多活动会恢复得更快。但就算是为了恢复，强忍疼痛也不是什么好事。"

"原来如此，我差点就要忍着不说了。"

"手术很成功。就像我在术前向您说明的那样，我们在手术中进行了肿瘤的病理检查，确定是恶性，于是将右肺上叶完全切除，也摘除了相关淋巴结。"

"是恶性的啊。"柳泽一时说不出话来，帘子对面应该还有别的患者。这栋住院楼里住的几乎都是做完手术的癌症早期患者，不过在有其他人的地方被明确告知患有癌症依然让他有些意外。尽管手术前听到了很有可能患有癌症的诊断结果，但是现在就相当于罹患癌症的通知了。

宇垣医生点了点头："嗯。之前也跟您说过结果是恶性的可能性很高，检查后确实如此。不过手术前也说过，因为您的癌症发现得相当早，因此复发的可能性非常低。"

"但是可能性并不是零吧？"

"可能性不是零。"宇垣医生保持微笑，重复了柳泽的话。"可能性当然不会是零。就算是百分之九十九不会复发的病例，一万人里也会有一百人出现复发的。"

柳泽红着脸回答道："是啊，这种事情我明明非常清楚。我也在厚生省工作很多年了，被那些无论如何只有确定绝对安全才能接受的人烦得够呛，结果到了自己头上就成这副样子了。"

"人们往往只能在危险和不危险之中二选一嘛。尽管是早期，不过毕竟是癌症，我想您的想法也可以理解。"

"哎呀，真是太丢脸了。"

这个世界上不存在绝对安全的东西。就算是生命不可或缺的水，如果饮用过量也会因为体内离子丧失平衡而死，就算不是这样，水进入呼吸管也会令人窒息。

在危险性上，重要的是判断一种东西伴随多大程度的风险，这是理所当然的道理，但是因为这个理所当然的道理不被理解而引发的悲剧不胜枚举。

"医生听说过以前发生的，学校提供的面包引发的诺如病毒食物中毒事件吗？"为了掩盖自己的情绪，柳泽提起了一个新话题。

"嗯，勉强记得一些。我记得当时是加热过的面包引起的食物中毒，管理真是太差了。"

"我一开始也是这样认为的，但是听了后续报道后才知道，这件事也是我国根深蒂固的零风险信仰造成的结果。"

宇垣医生轻轻侧了侧头，像是在催他继续说下去。

"学校提供的面包感染诺如病毒的起因是家长批评面包烤焦了。"

"烤焦？"

"嗯。医生应该也知道，鱼和肉烤焦后确实会含有少量引发 DNA 变质的物质。可是实际上，这些烤焦的部分要想引发癌症，必须持续不断地每天都吃到再也吃不下为止，更何况面包烤焦根本不会引起这样的问题。"

宇垣医生点了点头。

"就算不计较面包上小小的烤焦部分也不会出现问题。但是其中有些过度敏感的家长认为学校提供的伙食竟然烤焦了，这是不得了的大事。"

"嗯。啊，原来如此。"

宇垣医生似乎已经明白了伙食供给中心发生了什么。

"剩下的就如医生想象中的那样，伙食供给中心真诚地回应了家长的批评，仔细用手一一确认烤好的面包有没有烤焦。"

"结果为此前一直保持清洁的面包留下了被污染的余地，从而引发了食物中毒。"

"嗯。对面包烤焦这种可以忽略不计的风险反应过度，结果引发了食物中毒这种危险程度更大的事件啊。过分在意面包烤焦这种小事的家长固然有问题，不过问题更大的还是在食品方面应该拥有专业知识的伙食供给中心。他们的应对方式表面上看起来非常认真诚恳，实际上存在明显的错误。"

"是家长的无知和伙食供给中心多一事不如少一事的消极主义引发的悲剧啊。"

"嗯。"柳泽叹了一口气，"我接受过理性思考的训练，结果到了自己患上癌症的时候依然不能保持冷静。我决定把我的身体交给宇垣医生了，我以后可能还会说出奇怪的要求，到时候请不要在意我的意见，还请你从医学专业角度选择最好的方法来给我进行治疗。"

"我明白了。"

宇垣医生轻轻鞠了一躬，然后露出花儿般的笑容，用看着心爱之人的眼神盯着柳泽。

柳泽想，她为什么要这样看着自己呢？她对任何人都是如此吗？

尽管他绝对不是不受欢迎的人，但是刚刚认识不久的美丽女医生对自己有特别的感情，这种误会实在是太愚蠢了。

柳泽没有天真到会明显避开她的目光，只是稍稍转移视线看向她的嘴角。

那张娇艳的嘴唇微张着，能够隐约看到她闪亮洁白的牙齿。

这份悸动是什么呢？柳泽心中升起一股奇妙的感觉，不过无论如何手术是成功的，他决定先为此而高兴。

5. 2016年9月23日（周五） 筑地 日本癌症中心研究所

不容乐观啊。夏目看着医务室大型液晶显示屏上映出的CT图像，立刻做出了判断。呼吸内科所有人都要参加的晨会是很重要的会议，会逐一展示每个患者的病情，在大家讨论后决定出治疗方针。

患者名叫小暮麻里，三十二岁。各种检查的结果表明她明显患上了伴随多处肺内转移的肺腺癌。

由于她的肺内存在多处转移病灶，因此不可能实施手术。就算进行抗癌剂治疗，剩余寿命恐怕也只有半年左右。医院已经决定在她身上使用最近正在进行临床试验的新药进行化疗。

"那就拜托夏目医生做她的主治医生了。"呼吸内科科长片桐在晨会上最后说道。嘴边的胡子表现出沉稳的气质，再加上那尖锐的眼神，充分显示出片桐的性格。这当然不是拜托，不过是对已经决定之事的委婉表达，夏目是患者接受的临床试验的核心负责人，当然会被提名。夏目冲着片桐点了点头："我明白了。"

会议结束后，大家纷纷回到工作中，夏目起身叫住刚才发言的后辈医生，询问他小暮的后续治疗什么时候开始比较好。对方回答现在最合适，于是两人便一起走向病房，将小暮叫到了诊室。

后辈医生简单对小暮说明了情况，并将夏目介绍给她。

"拜托您了，医生。"后辈医生离开后，小暮坐在椅子上冲夏目鞠了一躬。

夏目向她回礼道："也许您会因为更换主治医生而感到不安，不过我们是一个医疗团队。我负责初诊的患者由其他医生接手同样是常有的事，因为我们各自有擅长的领域。"

小暮带着不安的表情问道："呼吸内科是使用抗癌剂进行治疗的科室吗？"

"是的。"夏目点了点头。

"就是说，我的癌症已经趋于晚期了吗？"

夏目缓缓吸了一口气，无论自己做医生已经做了多久，他都不太习惯告知患者罹患晚期癌症的事实，他也觉得这种事情不应该习惯。

"晚期的定义很暧昧。我想之前已经有人向您解释过了，您的癌症确实被分为晚期。很早以前，癌症发展到无法手术的阶段或许确实可以说到了晚期，不过，最近药物在不断更新，就算无法根治也有可能长时间抑制癌症的发展。我们的目标也是癌症的长期抑制。"

小暮直勾勾地盯着他。

"那么，我还有多长时间？"

夏目再次词穷，告诉患者剩余寿命真的很难，如果说得过长，遗属会对过早到来的死亡产生不满，所以医生多半会选择说得比较保守。

刚才的会议上姑且推测出小暮还有半年左右的寿命，不过正式的诊断证明还没有出来。

夏目犹豫了一会儿之后开口：

"无法简单预测剩余寿命。特别是近来还牵扯到复杂的保险问题，比如当确定寿命还剩半年之后就能根据特别合约取得死亡保险金。我们会请多名医生从多方面进行讨论后再预测患者的剩余寿命。"

"其实我也签订了生前支取死亡保险金的特别合约，而且确认为癌症后也加入了能一次性支取扶助金的癌症保险。我们家是单亲家庭，女儿有残疾。说句不好意思的话，我在经济上确实没什么富余……"

是这么回事啊。夏目理解了。最近的保险中大多会免费加入重病克服支援制度特别合约，可以在投保人确定还剩六个月生命时支付死亡保险金。夏目自己也在寿险中添加了重病克服支援制度特别合约。因为最近不住院治疗的病人越来越多，手术时的住院时间也逐渐变短，因此比起住院费，癌症保险最近大多着眼于提供一次性支付扶助金。

"我知道了。那么我会在您提供的保险公司文件上写上诊断证明。不过预测终归是预测，接下来我会向您说明详细的病情和今后的治疗方针，我们共同努力吧。"

"拜托您了。"她说着低下了头。

夏目首先向小暮说明了她的病情。她取出笔记本一边听一边不时用圆珠笔记录。记录能让人保持客观，如果本身无法保持客观的心态就不会想记笔记了。在刚刚确诊癌症晚期之后就能记笔记，夏目很佩服她。虽然她看起来弱不禁风，但是，现在也许是时候对她的这个印象加以改观了。大概是因为家里有一个残疾的女儿需要照顾，这让她坚强起来了吧。

夏目说明病情后又介绍了新药的临床试验。正在进行临床试验的药剂在欧美国家已经取得先行试验结果，延长寿命的效果超过现在使用的标准化疗法。

"真的不可能治愈了吗？"小暮听完说明后，露出一个悲伤的微笑。

"可能性是有的。"夏目暂时停顿了一下，"但是治愈率不高。在欧美的先行试验中，这次的药物充分起效后，癌症完全消失，也就是完全治愈的患者在所有接受试验的患者中比例不到百分之五。"

小暮的癌症在所有参加过临床试验的患者中也属于进展较快的，不得不承认完全治愈的可能性会更低。但是夏目刻意没有提到这件事，对患者来说，百分之五已经是非常低的概率了。

"百分之五……"

"新药原本的目的就是延长性命。如果能长期抑制肿瘤恶化，您今后也能保持现在的生活。"

小暮嘴角紧绷，似乎在认真思考些什么，过了很久，她终于放松下来。

"我现在很混乱，既想拿到重病克服支援制度特别合约中的死亡保险金，又想要继续活下去。"

夏目没有说话，等她继续说。

"总之，现在我的目标就是努力多活哪怕一天。我会办理重病克服支援制度特别合约的支取手续，不过也会努力活下去，所以还请医生帮我。"

"当然。"夏目重重点了点头,"我们一起努力吧。"

确认了今后的治疗日程,小暮离开了。

真是坚强的人啊。夏目一边在电子病历中输入必要事项一边再次感慨。

很少有患者在刚刚得知患有癌症后能保持冷静。他知道在得知患有癌症后,患者会经历各种各样的心理变化。混乱、逃避现实、愤怒,在接受命运冷静下来之前需要一定的时间。

如今勇敢的小暮今后可能也会变得悲观。

为了跟踪患者的精神状态,医院配有专门的医生。他们会仔细监护患者的心理变化,根据需要提供专业的精神治疗。

医疗在进步,渐渐地癌症已经不再是必然会致死的疾病。如今这个时代,确诊为癌症的人有一半以上能存活超过十年。但是,癌症等于死亡的观念依然深植于人们的思想中。

日本癌症中心研究所的标语之一就是"与癌症共生"。如今是与癌症共生的时代,分子靶向药物的发展让一部分患者的生命可以以年为单位,延长到以前无法想象的地步,新药的开发也在进行。

即使是小暮的情况,根据癌症类型的不同,也有可能延长以年为单位的生命,说不定在这段时间里能等到开发出下一种新药。夏目想,虽然这次没时间,不过下次要多花一些时间向小暮解释延长性命的重要性,以及"与癌症共生"的概念。

6. 2016年9月28日（周三）　丸之内　大日本生命保险公司

"夏目那里又出现了上次那样的早期事故？"

"嗯。审查系统提示有骗保行为。不仅仅是参保到申请支付的时间过短，而且这回投保人还参加了癌症保险。"

森川扫了一眼部下水岛琉璃子放在桌子上的资料。

他用食指敲着椅子扶手："根据重病克服支援制度特别合约，死亡保险生前支付的金额是整整三千万日元，癌症保险的一次性支付额度上限是五百万日元吧？"

"以前，也有人带着夏目医生的诊断证明提出同样的申请，您说过夏目医生是您的朋友吧。这已经是第四次了，以前的三次最后都没发现作弊的迹象，所以按照重病克服支援制度特别合约如数支付了保险金。"水岛用计算机一样平淡的语调说道，她挺直腰板的样子很像机器人，紧身黑色裤装套装加深了这种感觉。

在森川供职的大日本生命保险公司调查部，保险金的支付审查有一部分已经自动化。

其中占绝大多数的普通申请已经实现审查半自动化，缩短了申请到支付的时间，为在竞争激烈的生命保险业界提高顾客满意度做出了贡献。

另一方面，审查系统在发现有可能骗保的申请时会自动报警。这次，投保人在签订保险合同后不久就申请保险金，这种情况被称为早期事故。

被保人名叫小暮麻里，她在投保八个月后被诊断为癌症晚期，仅剩半年寿命。因为刚刚加入保险就患病的可能性很低，所以一旦出现这种情况，保险公司就会怀疑投保人参保时隐瞒了病情。保费与收入情况相比过高，这也是警告程度提高的重要原因，投保人的年龄在癌症患者中也太年轻。

如果只有一次还可以当成巧合，问题是这几年间，同样的事例一直在增加。都是投保或者增加保额后，在短时间内诊断为癌症，缴纳与收入不符的高额保费，还有要求根据重病克服支援制度特别合约申请支付保险金的事例。

此前的事例也存在严重的骗保嫌疑，因此保险公司进行了细致的调查，结果没有发现骗保，于是按照申请支付了保险金。森川也以私人身份和夏目谈过，对方只是用一句巧合一笑置之。森川本来就不觉得顽固、正义感强的夏目会参与骗保行为。

既然不是骗保，那么不管情况多么古怪都只能说是巧合了。这是森川的想法，但水岛似乎并不接受。

森川又看了一遍资料后说道："参保时的审核也做得很充分，因为与收入相比，她选择的保费很高，这也是自然的。参保时，本人已经否认了患有癌症的可能性，既然如此，是剩余寿命的估算出现问题了吗？但是夏目绝不可能做出这种事情来的啊。"

"就算是这样，我还是很在意。"

"是啊。"

"这件事也能拜托科长吗？"

"只是和夏目谈谈的话当然可以，不过我就不参与常规调查了。做剩余寿命估算的人和调查人是老朋友，这种事反而可疑。"

"我觉得科长没有参与这种骗保行为的勇气。"

森川苦笑着说道："你对勇气这个词有误解吧。"

"我订正。我认为科长没有这样的胆量。"

森川摇了摇头："随你怎么说，总之下次我会去见夏目，到时候我问问他。"

"拜托您了。我会另外提出正式调查的申请。"

"不过，我觉得这次也找不到可疑点。参保时的审核做得那么充分，出诊断证明的人又是我那个以耿直著称的朋友。我之前就说过，我敢肯定他不会参与骗保。"

"嗯，是啊。"

"那你为什么这么执着？"

"女人的直觉。"水岛认真地说道。

"女人的直觉？"森川撇了撇嘴，"我可不知道你还有这种东西。"

"我们公司出现性骚扰应该去哪里投诉？"

"饶了我吧，不过我倒是很好奇法庭会怎么看待女人的直觉这种东西。"

"我开玩笑的。"

"不要一脸严肃地开玩笑，平时就很难看出你在想什么了。"

"父亲告诉我，玩笑要用严肃的表情说。"

"这也是个玩笑吗？"

"不是。"

森川又摇了摇头："你还有什么介意的事情吗？"

水岛将另一份资料放在桌子上。

"这是按照我们公司的格式写的诊断证明。"

森川迅速扫了一遍诊断证明，他做这份工作很久了，看资料的速度越来越快。

"又是存在无数肺内转移的肺腺癌，因为形状像洒满了粟粒，又叫肺粟粒状转移，不过肺腺癌出现肺粟粒状转移很少见。"

"看来你做了不少功课嘛。"森川靠在椅背上说道，"不过这是巧合吧。"

水岛没有点头："请您问问夏目医生，对少见类型的癌症连续发生有什么看法。"

"没问题，就算是夏目估计也会说是巧合吧。我会问的，这件事你先忘了吧。"

"我知道了。"

"好，还有别的资料吧，都放在这里。"

她微微提起嘴角，把剩下的资料放在森川面前，以完美的角度鞠了一躬之后回到自己的座位上。

真是优秀的员工，森川看着她的背影心下想道。虽然他不喜欢她那种像挤牙膏一样一点点拿出资料推进话题的方式，不过他更不喜欢好像在享受这种方式的自己。他从以前开始就隐约觉得自己似乎对她抱有好感。

森川又看了一遍水岛准备的资料。肺粟粒状转移肺腺癌确实罕见，但也仅此而已，罕见的事连续发生也不是没有可能。

果然是巧合吧。森川得出结论，把资料放进透明的文件夹中。

7. 2016年9月30日（周五）　筑地

"肺粟粒状转移？什么东西？"

纱希的大脑受到酒精很大的影响，用过分甜腻的声音问道。

夏目和纱希、羽岛、森川四个人正在筑地一家他们常来的饭店包间里喝酒。

夏目往纱希递过来的酒盅里倒满日本酒，这是埼玉县当地的酒，散发着强烈的果香，酸味和甜味平衡得刚刚好，味道很好。"粟米的粟，米粒的粒。因为转移部位像粟米粒洒在肺部一样，所以叫这个名字。"

森川问他："我再跟你确认一下，这件事没什么值得怀疑的吧？因为肺粟粒状转移很罕见。"

"癌症罕见和骗保没关系吧？"夏目歪了歪嘴，从刚才开始森川就一直在问他小暮麻里的病情。一开始还是闲聊，说着说着就带上非正式调查的味道了，这让夏目有些焦躁。

"你说的确实没错。"

"到了第四次你确实会怀疑。不过就我个人来说，其他三个人也都有身患残疾的孩子，或者久病缠身的家人，经济情况不容乐观，有了死亡保险金多少能够安心一些吧。"

"不过，再怎么说这也太巧了吧。"

"如果是骗保，会有什么情况？"

"最常见的是参保时隐瞒病情，伪装成参保后才生病。不过因为保额高昂，投保人参保时的健康诊断记录也做得很充分。小暮女士参保时患病的可能性已经排除了。"

"其他可能性呢？"

"主治医生撒谎什么的。"

"喂喂，"夏目晃着头说道，"小暮女士的生命真的因为肺癌受到了威胁啊，其他三个人也确实是癌症。参与估算剩余寿命的除了我，还牵扯到其他多位医生，不可能出示虚假诊断证明的，之前的诊断我也都问过同事的意见。"

"开玩笑的，我知道你不可能做骗保这种事。"

"那就好。"夏目喝了一口酒，"那么小暮女士能在生前拿到死亡保险金吗？"

"应该没问题吧，不过因为投保时间短，保费与收入不符很可疑，会事先进行调查。如果没有可疑的点就没问题。"

"是吗，那就好。她有个上小学的残疾女儿，说是想在生前尽可能地为女儿创造好一点儿的环境。"

森川得意扬扬地说道："重病克服支援制度特别合约就是为此而

存在的啊。"

"虽然我下了剩余寿命的诊断通知，不过还是希望小暮女士能够多活一段时间啊。"

"新药如果有效就好了。"

不，这种事还不好说。夏目这样想着，微微摇了摇头："还不知道小暮女士的药是不是新药，她参加的是双盲测试，不光是小暮女士，就连我都不知道她有没有用新药。"

"是吗，试验是这么做的啊。"森川抱着胳膊说道。

"什么意思？为什么连医生都不知道用了哪种药？"一直听着两人对话的纱希插嘴道。

"你知道对患者保密的原因吧？"羽岛问纱希。

"嗯。因为病与情绪有关吧？说不定患者只是知道自己用了新药就能够恢复健康，这样一来就不知道是不是药物本身的效果了。"

"就是这么回事。医生也是人，如果知道谁使用了新药，就难以做出公正的评价。虽然临床试验中取得的数据有一部分需要机械测定，不过也有必须由医生在观察后打分的项目。"

"是害怕医生在观察时加入主观期待吧。"

"还有对患者投入感情的问题。虽说是必要的，但是医生难免会对没有使用新药的人产生同情，所以参与临床试验的医生最好不知道患者用了哪种药。"

纱希点点头，看起来深表理解："是啊，要对使用安慰剂的患者说'如果药物有用就好了'，心里会很难受吧，还是不知道谁用了安慰剂比较好。"

"不不不，"羽岛迅速否定，"在癌症这种致死率高的疾病的临床试验中，基本上不会使用安慰剂，因为那样也太可怜了。对照组会使用现在治疗中使用的标准药剂，称为临床用药。只要比现在使用中的药物效果更好，新药就有面世的价值。"

"但是，患者原本是想参加新药试验的，结果却没能使用新药，我觉得还是很可怜啊。"

"如果不参加临床试验，而是选择化疗，总是会使用临床用药的。而且尽管新药的效果或许更好，但经常会出现意想不到的副作用。大规模调查后的结果证明，新药的效果没有临床用药好的情况并不少见。"

"真是难啊。总之，我明白其中的道理了。"纱希说着点了点头，"那名患者能得救吗？"

"很遗憾，情况不容乐观。"夏目摇了摇头，"根据检查结果综合判断后，就算肿瘤暂时缩小或停止生长，也很难期待能够长时间维持这种状态。"

"这样啊。被医生判断还剩半年寿命后，如果患者半年后还活着会怎么样呢？必须返还生前得到的死亡保险金吗？"

森川回答："不，没有这种事。实际上凭借重病克服支援制度特别合约获得死亡保险金，半年后还在世的大有人在。报告显示在履行重病克服支援制度特别合约的人中，半年以后依然在世的占三成，一年后也有一成的人依然在世。还有一份报告上说，患大肠癌后被诊断还剩半年生命的人中，大约有四成在一年后依然在世。"

"这样啊，正确判断剩余寿命确实很难啊。"

"而且还有极端的情况，就算患者的癌症奇迹般地完全消失，最后寿终正寝，我们也不会要求返还保险金。不过重病克服支援制度特别合约履行后，疾病彻底痊愈的例子极为稀少。"

"凭借重病克服支援制度特别合约能拿到多少钱？"

"这个与保费有关，最多能拿到三千万日元。保额超过三千万的情况下，剩余部分会在投保人死后支付。"

"也就是说保额在三千万以下的话就能全额支取了？"

"如果投保人希望如此，就可以全额支取。"

"会有人不想全额支取吗？"

"有的哦。"

"为什么？"

森川摇了摇头："你和夏目都买了我们公司的寿险，也有重病克服支援制度特别合约，不过你们都没看资料吧。"

"没看，我们认识你才买的嘛，有不明白的地方可以直接问你。"

"多谢。那么，请让我来回答客户的疑问。"森川苦笑着说道，"寿险在死亡时支付的保险金是不用上税的，通过重病克服支援制度特别合约支取的金额同样不上税。不过如果本人提前支取了保险金，在他死亡后，剩余的金额由遗属继承时就要交遗产税了。"

"这样啊，那么不管想用来付医药费还是轰轰烈烈地玩儿一场，将生前不需要的部分留在保险公司，死后由遗属直接支取会更好啊。"

"基本上就是这样。"

"小暮女士的保险金是多少？"

"啊，这个……"

森川闭上了嘴，要向无关人员透露深入的客户信息，他毕竟会犹豫。

"你都说了这么多了，这种事还要保密吗？我不会告诉别人的。"纱希缠着他说道。

森川一时沉默，似乎在想些什么，过了一会儿还是轻轻叹了一口气："反正你们都是嘴严的人，而且除了夏目以外都不认识患者……她的寿险保额是三千万日元，希望在生前全额支取。她还投了能一次性支取五百万日元保险金的癌症保险，所以一共是三千五百万日元。"

羽岛问森川："三千万刚好是重病克服支援的最高额度吧。虽然可以在生前全额支取，不过这样做的人很少吧？"

"那倒也不是。"

一共是三千五百万日元吗？夏目心下想道。虽然是一大笔钱，不过她有一个身患残疾的孩子，这个金额倒是可以接受。尽管如此，她成功买了寿险确实是件幸运的事吧，因为她的投保时间还很短，如果患上癌症的时间再早一点儿的话可能就无法买寿险了。

羽岛又问森川："夏目诊断的其他三个人的保险金都是多少？"

"我记不清楚了，应该没超过三千万，不过金额都不低。"

"他们也都使用重病克服支援制度全额支取了吗？"

"嗯。"森川点了点头。

"原来如此。"羽岛表情严肃地抱着胳膊。

森川恭恭敬敬地打开四合瓶[1]的当地清酒伸到夏目面前，于是夏目喝光杯中的酒，把杯子递给了他。

"跑个题啊，我再确定一次。你觉得这次诊断证明里确实没有可疑的点吧？"

"嗯。"夏目喝着森川给他倒的酒说道，"从保险申请上来看，也许确实有过于巧合的地方，不过我作为医生完全没看出可疑的地方。如果有什么问题，我也可以和你们公司的医生面谈。"

"不至于。既然你说没有可疑的地方，让谁看都一样吧。"

夏目瞟了羽岛一眼，好像要说些挖苦的话。

羽岛咧嘴一笑，然后静静摇了摇头："不，按照这个情况，我也觉得没什么可疑之处。真有问题的话可以调病历来看，不过呼吸内科的其他医生都看过了，应该没问题。不过……"

"什么？"森川露出惊讶的表情。

"除了夏目的病人之外，还出现了其他不自然的保险申请，这让我有些在意。虽然癌症本身是会随着老龄化数量逐渐增加的疾病，但是为什么刚刚参保不久就患上癌症的例子会增加呢？"

"不知道啊。"

"也许看过全部可疑事件的数据后能发现些什么吧。"

"这种事实在做不到啊，就连这次的事都要拜托你们保守秘密，不然我会为难的。"

"这当然没问题，"羽岛抱着胳膊说道，"如果他们确实在投保

1　四合瓶：4合容量的瓶子，1合约为180毫升。——译者注

前得知自己得了癌症，隐瞒真相后投保的话，就好理解了。"

"这不可能。如果投保人投保时选择了不符合自身收入的高额保费，我们都会仔细调查的。在情况可疑的状况下不断撒谎太难了，毕竟我们公司是由专家进行审核的。"

"如果能轻易隐瞒，那保险公司就会倒闭了吧。"纱希点点头。

"那这样如何呢，"羽岛带着恶作剧一样的目光说道，"其实小暮女士有一个同卵双生的妹妹，当时她妹妹确诊为癌症晚期。但是妹妹没有买寿险，也没有存款。当然，因为已经是癌症晚期，事到如今已经无法投保了。"

"喂喂，"夏目抬起右手阻止了他，"饶了我吧，又是双胞胎吗？"前一阵的双胞胎替身事件他甚至还没有告诉纱希，就被羽岛先暴露了。

"于是小暮女士决定为妹妹出一把力。"羽岛仿佛当夏目不存在一样继续自说自话，"首先，健康的小暮女士买了寿险，在妹妹的癌症继续恶化，确诊还剩半年寿命的时候，让她用自己的医保卡来日本癌症中心研究所看病。之后，我们的夏目医生诊断出扮成小暮女士的妹妹还剩半年的寿命，于是小暮女士通过重病克服支援制度特别合约拿到死亡保险金，把需要的钱给妹妹。医药费自然不用说，这笔钱足够让妹妹在还能活动的时候做自己想要做的事吧。真是一段美谈。"

"这是欺诈事件吧。"夏目皱起眉头，哪里是美谈了。

"这次的情况中，小暮女士本人可能从来没有来过日本癌症中心研究所，所以也难怪我们的夏目医生没发现。"

"她妹妹死后怎么办呢？小暮女士的户籍就会被消掉哦。"

"确实，如果妹妹就这样在日本癌症中心研究所去世，小暮女士就会被记录死亡，不过只要让妹妹渐渐离开日本癌症中心研究所就好了啊，到了终末期医疗阶段转院的患者大有人在。让妹妹找一个不需要介绍信也能进的临终关怀疗养院，用自己的医保卡住院，这样一来在那里去世就不会有问题了。"

"要是这样做，对小暮女士本人会有什么影响吗？"

"一旦曾被诊断为癌症晚期，小暮女士本人就无法再买寿险了。不过妹妹拿到了需要的钱之后，剩下的钱给小暮女士以后用就行。对经济拮据的小暮女士来说是个划算的买卖吧？"

"喂，森川。羽岛说的那种玩笑一样的欺诈事件现实中可能实现吗？"

森川稍稍想了想之后说道："首先，代替别人看病这种事，就算不是双胞胎，用其他人的医保卡看病也是绝对违法的。不过代替别人看病这种事确实偶尔会出现，医保卡上一般不会有照片嘛。只要借出方和借入方不在同一家医院看病，一般很难暴露。暴露的情况一般都是问别人借医保卡的人因为医药费太贵跑路了，借出医保卡的人提出起诉。"

由于长时间的经济萧条和非正规劳动者人数的增加，没有加入医保的人比例不断增加。夏目也听说过，因为对交不起医保的人来说，自己承担全额医药费的负担过重，所以借他人的医保卡去医院看病的人层出不穷。

"就算医保这种事没办法解决，但是真的能用这种方法轻松拿到高额的死亡保险金吗？"纱希提出疑问。

"不是这么简单的事。只要有一点可疑之处，保险公司都会彻查到底的。"

"不过，只要小心谨慎，巧妙地完成计划，是有可能不暴露的吧。"

"这次属于早期事故，所以会重新调查。夏目如果以后想到什么和小暮女士有关的事情，一定要告诉我。"

"我知道了。如果她有什么动作的话我会联系你，如果她说要转院，我会问清楚转去哪里的，虽然我不觉得她真的做了羽岛说的那种事。"

"小暮女士有没有同卵双胞胎这种事，只要委托调查公司就能知道了。"森川说着点了点头，"不过现在还没有必要做到那种程度，目前只要关注今后的发展就好。"

过了二十三点，夏目和纱希打车回到位于丰洲的公寓。回到家里后，纱希一副没喝够的样子，从厨房取来冰块和碳酸水做了两杯加冰威士忌。夏目虽然已经不想喝酒了，不过依然坐在沙发上，在纱希身边陪她喝。

"刚才森川说的事情究竟是怎么回事啊。可疑的保险金申请上有你的诊断证明是吗？"

"只是巧合。以前，我也出过几份与大日本生命保险公司的保险金相关的诊断证明。这次只是碰巧连续遇到几份申请，而且碰巧都是刚刚投保不久的申请而已。"

"碰巧，碰巧。"纱希露出恶作剧一样的笑容，好像在说这种偶然也太巧了。

"虽说是巧合，毕竟只有四个而已，森川只是在酒席上把这个话题当作下酒菜罢了。其实之前调查介入后只要没有问题，都支付了保险金。"

"嗯，我也不觉得你会参与骗保。"纱希说着，一脸若有所思的表情看着夏目，"我说，癌症归根结底究竟是什么啊？"

夏目想了一会儿回答："多细胞生物的定数，或者反叛的自我。"

"多细胞生物的定数。"纱希一个字一个字地重复，仿佛只是在模仿夏目的发音。

"是的。最初的生物，每个细胞都是独立生活的，这就是所谓的单细胞生物。只要周围环境良好，细胞分裂就会持续发生。增殖几乎不需要遵守秩序，因为每个细胞都是独立生活的。"

"嗯。"纱希点了点头。

"某一刻，很多细胞聚集在一起，出现了一个以群体生活的生物。一开始只是单纯聚集的群体经过进化、历练后便出现了分工，细胞们分成负责驱动身体的细胞，负责吸收营养的细胞，负责呼吸的细胞，负责繁殖下一代的生殖细胞等。"

纱希又点了点头。

"进行了细致的分工后，细胞便不能继续无秩序地增殖了。比如说，如果组成血管壁和气管壁的细胞无秩序增殖，就会堵塞管道，让血管和器官无法发挥本身的功能。所以细胞之间取得了联系，除必要情况外不再增殖。这就是多细胞生物的基本构造。如果我们的身体被割伤，周围的细胞就会积极增殖来补充失去的部分。但是当伤口愈合时，细胞就会停止增殖。为了防止发生无序增殖，人体有多个组织负责检查细胞的增殖循环。为了防止油门踩得太死，几个监视组织共同负责控制，有多个候补系统负责踩刹车。"

"多细胞生物的细胞增殖是有秩序的，油门和刹车都被严密管理着。"纱希像是在确认一样小声重复要点。

"没错。但是环境中有各种致癌因素。比如食物中普遍存在的天然致癌物质，烟草。另外，只要人活着，体内就会自然产生活性氧。不过最重要的致癌因素是细胞分裂本身。分裂时，无论如何都会出现DNA复制错误的情况，这些错误会改变作为生命设计图的DNA编码。结果DNA编码的蛋白质形态发生变化，出现异常活动，油门被踩得太狠，刹车不灵了。尽管存在候补系统，不会让无序细胞分裂轻易开始，但是系统毕竟是有极限的。"

"会成为癌细胞。"纱希带着传递神谕的巫女一般的表情说道。

"不，"夏目摇了摇头说，"受伤的细胞会进入被称为细胞凋亡的自杀系统，就算细胞凋亡系统也失效，周围的细胞也能够杀死变异的细胞，所以细胞不会轻易开始增殖。而且细胞增殖的次数是固定的，有一种叫海夫利克极限[1]的东西，普通细胞的分裂次数一开始就被限

1　该理论指出人类体内细胞在分裂56次后即因自产毒素而消亡，临床医学倾向于认定这是导致我们的身体衰老、死亡的原因，即"56次"为人类细胞自行分裂、维系身体新陈代谢周期的极限。——译者注

定了，超过这个次数后就无法继续分裂。人体采取了各种安全措施，不会轻易患上癌症的。但是，如果这些组织也突然发生基因变异，走了"死亡豁免"程序，就会出现无序细胞增殖。"

"踩下油门，刹车又失灵，再加上逃过了死亡的细胞开始增殖。"纱希确认道。

"嗯，不过即使如此也不能说细胞已经癌变。这个阶段还是良性肿瘤。细胞虽然在增殖，但是肿瘤只会在所在地扩大而不会转移。当然，根据扩大的地点不同，会发生压迫神经的问题，不过只要用手术等措施切除，之后就会好转。"

"通往癌变的道路漫长而艰险。"这次，纱希用虔诚信徒朗读圣经般的语气嘟囔着。

夏目点了点头："实际上，随着人类对癌变研究的深入，科学家们常震惊于身体组织为防止癌变产生的进化和巧妙突地破这些组织的癌细胞。从这个角度来说，癌症是一个奇迹。"

"奇迹威胁着我们的生命？"

"可以这样形容。"夏目点点头继续说道。"最后的奇迹是获得浸润周围组织，向其他脏器转移的能力。能够转移的细胞开始侵略身体各处，接收转移的脏器随着癌细胞的无序增殖渐渐丧失功能，造成个体的死亡。研究已经发现，癌细胞转移时巧妙利用了原本为攻击它们而存在的免疫系统。另外，癌细胞还为自身增殖制造出了新的血管，拥有各种各样支持增殖的能力。"

"免疫系统不攻击癌细胞吗？"

"不，免疫系统会攻击癌细胞。但是扛住这波攻击的细胞最终活下来引发了癌症。而且虽说癌细胞发生了变异，但毕竟是自身的细胞，免疫系统很难识别正常细胞与癌细胞的区别。抗癌剂无法起到显著效果也是基于同样的原因。因为正常细胞和癌细胞的区别很小，很难找到只会高效杀死癌细胞的药剂。"

"早期发现很重要，就是说趁还是良性肿瘤的时候做手术切除就可以了吗？"

"不，可能是我没说明白。癌症中有从良性肿瘤转成恶性的，也有出现时就是恶性的肿瘤，癌症就是这样突然发生的变异。不过就算是这种情况，早期发现也很重要。"

"你一开始说癌症是多细胞生物的定数吧。只要是多细胞生物，都有可能患上癌症吗？蚯蚓、蝼蛄、水黾、青蛙、蜜蜂、麻雀、蝗虫、蜉蝣都会得吗？"

"你这几个随机选项是什么意思？"

"不是随机哦。出自南方群星的名曲《手心向太阳》，大家都是生命，都是朋友，所以我在想是不是都会得癌症。"

"要我认真回答吗？"夏目问她。

"当然了，我是认真问的。"纱希严肃地点了点头。

"在你的朋友中，蝼蛄、水黾、蜻蜓、蜜蜂、蜉蝣都是昆虫。"

纱希点了点头："我们都是朋友，蝗虫也是。"

"实际上，有报告指出昆虫和包括虾蟹在内的节肢动物似乎很少患上癌症。虽然每年都有大量虾蟹被吃掉，但是见过虾蟹有肿瘤的人少之又少。癌症的英语是 cancer，不过在希腊语中，cancer 的语源是螃蟹，这似乎是因为从外表容易判别的乳腺癌的形状像螃蟹。讽刺的是，螃蟹本身却很难患上癌症。"

"为什么？"

"不知道。有人说昆虫不得癌症是因为寿命短，不过我对此表示怀疑。龙虾和螃蟹中有的能活几十年，但是依然很难患上癌症，应该是有其他原因。我听过一种说法，环境中的致癌物质被体内的某种酶代谢后才会发挥致癌性，也许节肢动物的这种酶活性很低。"

"会得癌症的构造最简单的动物是什么？"

"你知道海绵吗？"

"保健课上学过。"

"那是海绵体，我说的就是平时用的海绵。现在的海绵都是塑料制品，以前用的是已经死掉的真正的海绵。海绵是构造最简单的多细胞动物之一，从它们身上发现了大量与人类癌症遗传因子相似的遗传因子。所以我说癌症是多细胞生物的定数。最单纯的多细胞动物中已经存在与癌症有关的遗传因子了，节肢动物也仅仅是很难患上癌症，并不是没有出现过癌症的报告。"

"反过来说，生物明明从那么早以前就为癌症所苦了，为什么至今还没能克服癌症？"

"这个问题很简单，一般的野生动物活不到会得癌症的年龄。

生物进化需要选择压[1]，需要让具有某种遗传特征的个体更容易活下来。"

"比如为了吃到高处的树叶，脖子长的个体更有利，拥有这种特征的个体就会增加，于是长颈鹿就成了现在的样子吧。"

"人类也是近些年才更容易活到容易患上癌症的年龄，选择压基本上还没有发挥作用。因为癌症是与稀少的长寿人群相关的罕见疾病。"

"那么人类以后会进化吗？变得不容易得癌症？"

"应该不会吧，大多数癌细胞都会在个体的后代长大后才出现，进化的主体通常是下一代，选择压很难起作用。反过来说，几乎所有生物都已经进化到难以在繁殖期之前患上癌症的程度了。"

"癌症不会让人类进一步进化了吗？"

"恐怕是这样。"夏目回答道，"但是此前的进化对癌症是有影响的。比如肥胖虽然会增加罹患癌症的风险，但是容易储存脂肪的特征在食物较少的时代是非常有利的特征。现代先进国家中食物充足，所以脂肪容易燃烧的体质反而更容易维持健康。"

"如果现在食物紧缺就好了。"纱希说道。她付出了很大努力，比如去健身房，才得以保持现在的身材。

"如果食物紧缺，你就吃不到这么好吃的东西了，也没有多余的米来酿酒了。"

---

1 选择压：两个相对性状之间，一个性状被选择而生存下来的优势。——译者注

"那我会很烦恼，非常烦恼。"纱希露出悲伤的表情。

看着纱希悲伤的表情，夏目在心里坦率地承认她很可爱。他不想看到纱希在没有酒的世界里不知所措，不，就算食物紧缺，自己也会想办法为她弄到晚上小酌的酒。虽然喝醉的纱希有些麻烦，不过看着她喝醉后开心的表情是夏目现在最大的快乐之一。

纱希的杯子空了，于是这次轮到夏目去做加冰威士忌，杯子里加了足以让纱希满足的酒精。希望这种小小的享受和安宁能够持续下去，夏目有些醉意的脑子里这样想着。

转 移

8. 2017年3月30日（周四）　霞关　独立行政法人医药品医疗器械综合机构

　　窗外的天空被切割得浓淡分明，深灰色的云朵正以惊人的速度流动着。

　　天气预报说，寒流通过会带来断断续续的强降雨，现在已经下雨了吗？柳泽看着窗外想。站在六楼的窗户旁边，如果看不到在地面来来往往的人有没有撑伞，就很难判断有没有下雨。

　　他看了看手表，时针指向下午五点附近。

　　综合药品医疗器械机构是厚生劳动省管辖的独立行政法人，位于面对六本木大街的二十层建筑新霞关大楼中，简称PMDA[1]。读音和

1　PMDA 全称为Pharmaceuticals and Medical Devices Agency，其日语名称翻译为"独立行政法人医药品医疗器械综合机构"，是厚生劳动省医药食品局所管辖的独立行政法人。PMDA 的业务主要包括审查、安全对策、健康损害救济三大板块，所行使的职责相当于我国的国家食品药品监督管理总局下所属单位国家药典委员会，药品审评中心，审核查验中心里的药品和医疗器械业务。——译者注

动物园最受欢迎的动物 [1] 很像，虽然不是正式标志，不过等候室的房间里也会不着痕迹地配有熊猫的插图。

PMDA 的工作对人民健康来说极为重要，负责药品副作用带来的健康损失救助，根据药剂法对药品、医疗器械等进行审查，制定确保药品和医疗器械品质的安全对策及信息提供等。

房间的门被打开，一个穿西装留胡子的男人慌慌张张地回来了，他是周刊杂志的记者。

"哎呀，我从早上开始肚子就不舒服，明明在采访中，真是抱歉。"

男人笑着说道，露出黄色的牙齿，挠了挠头发乱翘的脑袋。

"没事没事。"

"不耽误您的时间吧？"

柳泽拉起西装袖子看了看手表。他刚刚已经看过，知道现在不到十七点。

"其实我一会儿还约了人，必须在十七点半前离开。"

"真是太不好意思了，我马上就结束采访。柳泽先生刚才说临床试验是为了防止药物副作用的吧，能不能说得详细些？我以为会在确认安全性之后再下发销售许可，所以有些惊讶。"

"药品在临床开发阶段会通过临床试验验证药物的有效性和安全性。临床试验中，会将还没有充分验证有效性和安全性的候补药品用在志愿者身上，所以如果胡乱用在超过必要数量的患者身上会发生伦理方面的问题。"

---

1 熊猫的英文单词。——译者注

"原来如此，您说得确实有道理。"记者露出一副理解的表情。

"所以临床试验会事先预测为验证药物有效性所需的最低患者人数，以有限的患者为对象评估临床试验疗效。"

"但是，仅仅评估有效性确实不够吧？"

"当然，还要进行安全性评估，很多药物因为重大副作用的发生概率过高而停止开发。不过相较于药物产生的效果来说，副作用发生的概率并不大，所以为了正确评估药物的安全性，所需的患者数量不是评估有效性时的数量所能比拟的，这一点确实很困难。"

"有多困难呢？"

"比如某种副作用的发生概率是万分之一，在有效率为百分之九十五的实验中，站在统计学的角度上最少需要三万个样本才能出现一例，现实中，在临床试验中一次集中如此大量的样本极为困难。假如每三年才能收集一千个样本，那么最少需要花费九十年才能收集到必要的信息。"

记者睁大了眼睛："九十年！怎么能等那么久！"

"嗯。所以如果审查系统只允许制造和销售彻底确认过安全性的药品，销售时间将大幅拖延，开发成本也会远比现在高，这部分成本只能加在销售价格中。没有人希望看到这种事发生吧。"

记者狠狠地点了点头："原来如此，采访前我还觉得国家和制药公司勾结起来销售危险药物，现在已经没有这种想法了。"

柳泽苦笑着继续说道："实际上，只要动物实验和现有临床试验的数据能够证明药物的有效性和安全性，国家就会下发制造和销售许可，更详细的安全性信息会在售后调查中根据积攒下来的副作用数据进行评估。"

　　"可是，在安全性评估不完全的状态下上市还是会让人感到不安吧。"

　　"嗯，你说得没错。在下达许可时数据并不全面，相当于一种临时执照。但是，安全性和有效性都已经在现实可能的范围内充分验证过了。就算是临时驾照，也是在驾校训练时间更久的人发生事故的概率更低吧。但是只要训练到一定程度，在实践中学习的效率更高。这是一样的道理。"

　　"临时执照什么时候会成为正式执照呢？"

　　"临时执照只是个比喻，销售后半年会集中确认是否有安全性问题。原则上来说，在下发许可后八年会再次确认该药物的有效性和安全性。"

　　"只要调查充分发挥作用，就不会出现药物危害了吧？"

　　"是的。不过，副作用和药物危害有必要区分考虑。包括严重的症状在内，副作用无法彻底防止。另一方面，药品危害并没有准确定义，可以认为是由于国家和制药公司轻视或无视药品有害信息，在社会上引发的人祸。"

　　"嗯。"记者低声嘟囔，"不过，这是个度的问题吧。什么样的行为算是轻视呢？"

　　"这与药品所适用的患者有关吧。比如感冒药存在发生概率很高的致死副作用，就必须马上采取措施，但是在治疗癌症这种致死率高的疾病时，药物自身的效果必然很强，这时就不得不慎重判断药效和副作用之间的平衡了。"

"血液制剂引发艾滋病和肝炎可以说是明确的药物危害，但是抗癌剂就很难判断了。"

"嗯。不过现在还不能说已经杜绝了药物引发的感染。我们要在即将到来的新时代中继续推进防止药品造成感染的措施。"

"您的意思是？"

"以前，病人移植了死者的硬脑膜后有可能患上医源性疯牛病，注射血液制剂会感染病毒，只要关系到细胞成分，无论如何都会有感染的风险。就算是已知的病原体，很多时候也要在检查等措施上费尽心思，更何况世界上还存在很多未知病原体。"

"此前不为人所知的感染会随着再生医疗的发展突然出现吗？"

"不。但是幽门螺旋杆菌现在才作为造成胃癌的原因而出名，以前根本就没有人想到过胃里的细菌会引发胃癌。"

"是啊。"

"与此相同，此前人们认为与感染无关的，比如像癌症这样的高致死率疾病，应该会不断被证明是由于感染引起的吧。"

"不过，如果真的谁也不知道真相的话就没办法了吧？"

"嗯。但是在准确的研究结果出现之前，一般都会有某种警告发出。我们要努力收集包含海外信息在内的所有情报。"

"要努力尽早发现通过药品的感染，这项行动是明确的，但是刚才您说的副作用的判定问题真的很难吧。"

"我们不能忘记一个事实，过去曾发生过由于国家认定药品伤害的速度较慢导致受害范围扩大，我们不能犯同样的错误。另一方面，如果医疗现场和制药公司害怕少数副作用引起的诉讼而出现萎缩，对大众也没有益处，因为有众多患者和他们的家人殷切期盼着新药尽早面世。这方面的信息发布同样是我们至关重要的工作。"

柳泽在采访结束后急急忙忙地回到办公室，把工作移交给部下后匆匆离开了公司。幸好雨已经停了，不过风依然很大，云依然以惊人的速度流动着。现在的天色随时都可能降下暴雨，撑伞恐怕不会起什么作用。

柳泽以几乎要跑起来的速度冲向日比古线的霞关站。最后，柳泽到达车站时还没有下雨，走在通往地铁的下行楼梯上，他安心地呼出一口气。

他在八丁堀换乘京叶线，来到位于新浦安的湾岸医疗中心。

肺癌手术后恢复得很顺利，喘不过气来的症状在做完手术几天后消失了，现在他完全没有肺部被切去了一部分，呼吸量减少百分之十五的感觉。

他没有告诉同事自己患了癌症，宇垣医生建议他不要说。

一般来说，医生会劝病人在公司公开患有癌症的消息，寻求同事的协助来与癌症战斗。但是在湾岸医疗中心接受过癌症体检的患者由于拥有较高的社会地位和较大的社会影响力，大多选择隐瞒事实，医院的医疗体制也最大限度地考虑到了患者的想法。

比如手术后的定期复查会选在休息日或者在夜间进行特别诊疗，不影响患者白天的工作。虽然柳泽今天也不得不比平时更早离开厅里，不过对白天的工作并没有影响。

手术后，为以防万一进行的抗癌剂治疗并没有出现严重的副作用。虽然每月必须接受一次肝功能检查比较麻烦，不过健康方面并没有大问题，只是手术后一个月时，因为炎症数值较高而注射了消炎药物，在第二次复诊时炎症已经消失。

除了麻烦，夜间诊疗时，柳泽也遇到过引发他好奇心的事。

他听说来湾岸医疗中心看病的有很多社会地位高的大人物，实际上在出院后的半年里，晚上来看病时他已经在医院大厅见过好几个国会议员和著名财经界人物了。

他们当然与只是一介官僚的柳泽不同，而是受到了医院的特别待遇来隐藏身份，不过门口的高级轿车和穿过大厅的随行秘书员工无法彻底逃过其他患者的眼睛。

因为网上完全找不到他们住院的信息，应该只是定期来医院看病吧。柳泽能轻易想象出他们是来看什么病的，一定和自己一样是癌症。

当然，他们可以用探病为理由掩盖来医院的真正原因，柳泽并没有任何证据。

他的生活没有困难到需要把这些信息卖给小报赚钱，要是告诉同事和朋友自己晚上在医院见到了名人，他们一定会追问他去医院的原因。对于柳泽来说，这件事只是自己来医院时的秘密享受。

大家都一样吧。

　　车窗外划过无数公寓的灯光，柳泽看到了一个举起孩子的男性身影，应该是孩子的父亲。每个人都有自己的工作和生活，虽然癌症如今已经很常见，但是这个社会对癌症患者来说并不友好。

　　癌症晚期确实需要同事的协助，不过似乎有很多极早期的、可以做手术的癌症患者都瞒着同事和公司。

　　就连自己这种在官场上称不上扶摇直上的官员都觉得癌症会影响到今后的考核，政治家和财经界的人士想要尽可能地隐藏这一事实也是人之常情。

　　尽管如此，柳泽想，我仅仅来过几次，就看见了自己都能叫得上名字的重要人物，看来湾岸医疗中心确实很受信任。

　　自己能在这里看病真是幸运。

　　今天除了常规的定期检查之外，他还将听到前几天手术后第一次接受的 CT 检查的结果说明。就算这次没有看到转移灶，也不能就此放心。虽说转移概率几乎为零，但是他毕竟已经得过一次肺癌。

　　柳泽在反复接受检查的过程中想，以后就要渐渐习惯得过癌症的人生了。他自己查过，只要手术后五年之内不复发，之后再复发的可能性就非常低了。在那之前也许他始终不能彻底安心，不过至少可以看到来湾岸医疗中心的大人物，也算是一种看八卦的乐趣。

　　京叶线由于地处沿海地带，经常受到强风天气的影响出现运行故障，幸好今天只是在某个区间运行速度有所下降，到达新浦安站的时间只比规定时间晚了一点儿。出站后，强风吹在身上，冰冷的细雨甚至扫到了站台上，淋湿了柳泽的外套。

柳泽从高处的站台下到地面检票口，走向出租车乘车处。医院的免费接送巴士现在已经停运，在距离医院最近的公交车站下车后也有五分钟的路程。这段路程平时算不了什么，但柳泽不想在这种甚至无法撑伞的强风中行走。

虽然天气糟糕，但是等着乘坐出租车的队伍并不长，不到五分钟，柳泽就坐在了出租车上。

"去医院探望病人吗？"柳泽说出目的地后，和他年龄相仿的司机问。

"嗯，我妻子得了癌症。"柳泽不太喜欢和司机交谈，他觉得如果说家里人得了癌症，对方应该不会再多问。

"啊，那真是糟糕。"

司机暂时闭上了嘴，出租车在红灯前停下了。

柳泽刚觉得作战成功，司机就转向了他。

"不过，能住进湾岸医疗中心真是太好了，那家医院口碑不错。"

"好像是。"

柳泽冷淡地回答，不过他倒是想听听司机的意见。因为无论在哪一座城市，司机都是消息最灵通的人。此前，他只是因为同事的推荐和治疗时的好印象而相信这家医院，如果再加上其他角度的正面评价，应该能令自己更加放心。

"我悄悄告诉您，"司机故意压低了声音，"我拉过好几次连我都认识的政治家和公司老总。"

"从东京吗？"

"从新浦安。湾岸的道路非常拥堵，出现事故性堵车的时候他们也会坐电车来新浦安。虽然知道的人不多，不过那家医院治疗癌症卓有成效，那些人一定也是得了癌症。"

"不过，他们说不定和我一样是去探病。"

绿灯亮了。司机一边发动汽车一边说道："不，如果是探病，从说话时的氛围和带的东西就能看出来。很难想象他们这种社会成功人士会不带礼物不带鲜花就去探病。"

司机说得没错。自己见到的著名人士很明显也不是去探病的。

"为什么那家医院的口碑不错？"

"好像是能用最新尖端设备发现很小的肿瘤，就算癌症发生转移也有独特的治疗方法，能够抑制癌症的恶化。"

"哦。"柳泽做出感慨的样子，看来传闻是真的。

"您夫人做手术了吗？"

"嗯。因为还在早期，似乎没关系，不过我还是担心以后的情况啊。"

"只要是在湾岸医疗中心治疗过就没问题的，肯定没问题。"

"谢谢，要是没问题就好了。"

接着再问问有没有不好的传闻吧。

"有什么不好的传闻吗？"

"没什么特别的。啊……不，没什么。"

"怎么了？我很好奇啊。"

"哎呀，偶尔会有像流氓一样的人在医院门口吵闹，说是医疗事故造成转移，要医院还钱。"

"不过那些都是流氓吧。"

"嗯，所以不用在意。"

"哪里都不缺奇怪的患者嘛。"

不大一会儿的工夫，五层的湾岸医疗中心就已经出现在视野之中。医院本身外表平凡，不会让人觉得特别新或者特别旧。

让司机停车后，柳泽付完钱道过谢后下了车。雨依然下得很大。

他从正门进入大厅，把检查券和医保卡递给前台，前台像往常一样让他在诊室前等待。

虽然湾岸医疗中心的建筑外观没有任何特点，不过室内装潢和照明品位都很高雅。当然，毕竟是医院的大厅，自然不会让人觉得很舒服，不过这里的室内装潢并不会让人感到过于压抑。

夜间诊疗是完全预约制，不过大厅的长椅上已经将近有一半都坐着人。这里比平时更拥挤，大概有不少人和自己一样，心里担心因为天气不好导致交通拥堵，从而延迟夜间诊疗，所以都早早地就出门了吧。

柳泽一边走在一排诊室前，一边草草观察患者中有没有名人，很遗憾他并没有发现。

他因为没有看到名人有些失望，又意识到今天可能会比平时等的时间更久，于是在一张空椅子上坐了下来。

同一张长椅右侧坐着一对像是母女的人。母亲看上去年近四十，容貌端正，不过由于过于瘦削，皮肤和头发都没有光泽。

　　但是，柳泽看到坐在里面的女儿时大吃一惊。她的容貌和母亲一样端正，看上去在上小学低年级，皮肤苍白，呼吸虚弱，甚至没有余力注意到不由自主盯着自己的柳泽。母亲突然感觉到别人的视线，抬起头与柳泽正面对视，柳泽慌忙移开了视线。

　　得病的一定不是母亲而是女儿，母亲是为女儿的病而憔悴。女儿应该是得了癌症吧。

　　柳泽想起了以前在儿童癌症学习会上听到的内容。

　　癌症发生率会随着年龄的增长而上升，吸烟和放射线等因素会增加癌症发病率，这些已经被大众所熟知，但是人们普遍认为最关键的因素还是年龄。孩子很少会得癌症，不过偶尔会出现与成人的癌症性质不同的儿童癌症。抗癌剂很多情况下对儿童癌症容易起效，最近治愈率似乎已经超过了七成，不过药物也许对这孩子的身体不好。

　　"那个，还没到吗？"女儿用微弱的声音问母亲。

　　"抱歉啊，应该还要等一会儿，今天天气不好，我们来得太早了。"母亲对女儿道歉道。

　　"这次是妈妈病了吗？"

　　"还不清楚。之前的检查是为了查明我有没有得病，今天是来听结果的。"

　　"你和莉娜一样是心脏病吗？"

　　"不，不是的，妈妈的心脏没问题。"

　　"和爸爸一样是癌症吗？妈妈也会死吗？"

　　"没事的。"

母亲似乎抱住了女儿。

柳泽刻意不去看那对母女，但是内心升起深深的同情。女儿一定是病了，难道母亲也有可能得了癌症吗？而且她的丈夫似乎已经去世了，真是不幸的家庭啊。

扩音器中传来呼叫广播。

"三十四号，请到五号诊室来。"

母亲站起身来让女儿等一下，然后她脚步虚浮地走进五号诊室。刚才的声音是宇垣医生。

柳泽不露痕迹地留意着被留下的女儿，漫不经心地打发时间。他从包里取出笔记本电脑想做做工作，结果发现无法集中精力，于是又收起了电脑。

刚才他一直没有意识到，或者是刻意忽视，一会儿自己就要听到手术后第一次 CT 检查的结果了。

宇垣医生说过考虑到切除的肺癌尺寸，根据统计，复发的可能性几乎为零。但是统计毕竟只是统计，就算一百个人里只有一个人会复发，万一自己就是那一个人，那么对自己来说就是百分之百。

柳泽胡思乱想地等待着，感觉有人坐在了身后的长椅上。

"来得这么早，我不是说了晚点出门也没关系的嘛。"身后传来一个上了年纪的人的声音。

"虽说来早了，也就早到了二十分钟左右。如果在普通的医院，就算按时到也要再等一段时间的。而且，会长，我们上次因为迟到差点没能接受治疗。宇垣医生不是再三提醒下次要是再发生这种事情，可能就没法继续治疗了吗？"

"这种事我都知道啊。"

柳泽悄悄看了一眼身后，和声音的感觉一样，那是一名个子不高头发花白的老人，他旁边坐着一位戴着细框眼镜的年轻男性。柳泽对这张脸没什么印象，应该是哪个公司的会长和他手下的员工吧。

在等待的过程中，右边突然传来了一声重物落地的声音。

"喂！"被叫作会长的花白头发的老人大声喊道。

"啊！"服侍他的年轻人也大喊了一声。

柳泽条件反射似的看向右边的地板。刚才那个女孩子脸色苍白，正仰面朝天地倒在地上。

"小姑娘，你没事吧？！"离少女最近的会长单膝跪地，扶着她的肩膀想要抱起来。

"不要动她！"柳泽条件反射般大喊道。

他和抬起头的会长对视了一眼，几乎要被那非同寻常的魄力压倒。

对视后就能明白，那两个人并非某个公司的会长和员工，应该是黑社会老大和军师型部下吧。

不过，那双眼睛同时在问柳泽该如何是好？

柳泽冲远处的女护士喊了一句"有女孩子倒下了"，然后他转向会长："这里是医院，马上会有人来帮忙，外行还是不要动手比较好。"

会长点了点头，他的手轻轻放在少女的肩膀上，对她说道："医生马上就来帮助你。"

少女痛苦地点了点头，但是马上就能看出她不住喘息的点头不是在回应会长的话，而是一种反射性动作。

会长又抬起头来询问柳泽道："这孩子是自己来医院的吗？"

"她是和母亲一起来的，母亲现在正在诊室就诊。"

"喂，山本！去诊室把这孩子的母亲叫来！"

"是，哪间诊室？"

"五号，宇垣医生的诊室。"

"五号！"山本点点头跑走了。

值班医生推着担架赶来，少女的母亲也和宇垣医生一道赶来，几乎同时抵达现场。会长迅速起身，母亲靠在少女身边不停呼唤着什么。

"她有扩张型心肌炎的病史！"宇垣医生的音量不输给母亲。

值班医生点了点头："出现濒死期呼吸症状了，准备 AED[1]！"

护士在接到指示后跑了出去。AED 放在大厅中普通患者也能拿到的地方。柳泽以前在公司听过课，不过亲眼看到对心室颤动的患者使用 AED 还是第一次。如果是医生，应该可以不使用 AED 而使用普通的除颤器，不过也许值班医生认为使用近在眼前的 AED 更快更可靠吧。或者是他对使用非全自动的除颤器感到不安吧。

"莉娜！坚持住！"

"这位母亲，请您让开！您这样我们无法操作！"值班医生大喊道。

"喂！医生说了要你让开！"会长低声咆哮道。柳泽心想：这确实不是正经职业的人能发出的声音。不过从这可怕的声音中能听出混

---

1 AED：自动体外除颤器。——译者注

110

乱和惊慌。

大厅一片骚动，柳泽的视线一直追着护士。她迅速从放置地点取下 AED 的盒子，气势汹汹地跑了回来。在紧急的氛围中，柳泽不知道为什么想起了运动会上的借物竞走。

他再次看向少女时，母亲已经被会长拉开了。少女的上半身衣服被脱下，露出雪白的肌肤。

值班医生从护士手里抢过 AED 的盒子打开，提前录好的声音开始进行说明。他没有听说明，取出装置将电极贴在少女胸部，稍稍退后。

AED 开始读取心电图，确认需不需要进行电击。柳泽想起来了，为保证这段时间里没有噪声，同时为躲避需要电击时可能发生的触电危险，退后是必要的动作。

"请按下通电按钮。"人工合成的声音发出指示，值班医生间不容发地按下了按钮。

少女胸部猛地弹起，医生按照装置发出的指示进行下一步行动的场景，让柳泽感到一股略带讽刺意味的有趣。如果装置判断没有必要，就算按下按钮也不会通电。

值班医生确认了心跳和呼吸，说道："好了！搬走！"

少女被移动到担架上，和母亲一起被送到了走廊深处。从心跳与呼吸恢复时值班医生的表情来看，少女应该已经得救了。

担架被搬走后，刚才的喧嚣仿佛从未存在过一般突然消失了，原本的寂静包围了等候室。

"接下来，"在短暂的喧嚣离去后，宇垣医生扫了一圈留在大厅里的人。"感谢大家的协助，各位的诊查将在之后进行，刚才那位母亲的诊查会推后，所以，下一位是柳泽先生了吧。我马上就会呼叫您，请稍等片刻。"

宇垣医生说完回到了诊室。柳泽注视着她纤细的背影，身边传来了一个声音。

"呀，太好了。"会长满是皱纹的精悍面孔上浮现出笑容。

"是啊，真的是。"

"我可不想看到有孩子死在我面前。"

"嗯。"柳泽表示同意。

会长深吸一口气后开口说道："既然是那位医生为你看病，你的病应该和我一样不好治吧，不过我看你还很年轻,要是能治愈就好了。"

"嗯，谢谢您。"柳泽觉得对方是在鼓励他，于是道了声谢，在心里加了一句我的癌症是极早期的，应该没问题。

会长稍稍压低了声音说道："我啊，一开始医生说是初期癌症，所以应该不会发生转移，结果却发现了转移灶。不过我也不知道怎么回事，可疑的治疗方法起了效，现在总算是恢复健康了。"

"等一下，不要说了，会长。"刚才被会长叫作山本的男人慌忙说道，"日本癌症中心研究所的治疗不是只让您的病情继续恶化了吗？回到这里之后肿瘤才又变小的，怎么能说是可疑的治疗……"

"因为是我自己的事，我也查了很多。这里用的免疫疗法大多都很可疑。啊，虽说起效了我也没法抱怨……"

听他的意思，他瞒着主治医生接受过二次诊断啊，柳泽在心里嘲笑道。这可不是二次诊断，而是逛医院了，两者完全不同。

二次诊断是指主治医生在知情的情况下提供治疗记录，征求其他医生的意见。二次诊断只有名字出名，绝大部分人都不知道内容，包括它不属于治疗而是咨询，所以医保无法报销费用，需要完全自费这一点，有点让人难以接受。

初期癌症转移？柳泽感到有些不安。但是就算全都属于初期，也细分为各个阶段。也许对方发现时肿瘤已经比自己的更大了，不是也许，一定是这样。

再者，刚才对方说就连最先进的医疗机构，位于筑地的日本癌症中心研究所都束手无策的转移性肿瘤，来到这里之后都变小了，这也让他放心了一些。尽管心里想着不希望这样，不过万一发现肿瘤转移，这家医院或许也能帮自己治愈。

"那个母亲也是肺癌吧，女儿还那么小。"会长叹息着说道。刚才明明还用不好治这种话遮掩来着，结果只是在暗中确定柳泽的病是不是和自己一样吧。

"不知道啊。"

从刚才那对母女的对话和她接受了宇垣医生的治疗来看，她确实有可能患了肺癌，不过并不能确定。

"如果不是癌症就好了。"会长自言自语般嘟囔道。

"嗯。"

"三十五号，请到五号诊室。"天花板上的扩音器里传来宇垣医生的声音，是柳泽的号码。

柳泽起身对两人点了点头后，快步走向诊室。

虽然刚才顺着势头说了几句话，不过柳泽并不想和莫名其妙的人有过多牵扯。他想，要不然还是改掉下次看诊的日子好了。

打开诊室的门，正在看屏幕的宇垣医生转了过来。

"刚才谢谢你。值班医生联系我了，那个女孩的情况已经稳定了。"

"太好了。"柳泽安下心来。虽然那对母女以后的生活会很困难，但是，一旦死了的话就什么都没有了。

柳泽在医生示意后坐在圆凳子上说道："我本来也没什么余力担心别人了，因为不知道什么时候癌症就会复发。"

"嗯。"宇垣医生的脸上蒙上了一层阴云，"那么，我们赶快来说检查结果吧。"

为什么表情阴沉？我刚才说不知道什么时候会复发，她回答一声"嗯"是什么意思？如果是表示同意有复发的可能性，至少说明现在还没有复发吗？

"那个……"柳泽忐忑不安，催促医生继续说。

"现在屏幕上显示的是三个月前，也就是手术后三个月拍摄的胸部 X 光照片，当时还没有阴影。"宇垣医生一边展示屏幕上的 CT 图像一边说道。

柳泽点点头。他的心跳突然加速，心脏开始颤抖。当时？按照这个走势……

"然后，这一张是上次拍摄的 CT 图像。"宇垣医生说完，打开了另一个 CT 图像文件。

屏幕上出现的 CT 图像中，黑色的肺部上有很多白点，就连柳泽这个外行都能一眼看出发生了什么。

"转移吗？"

"是的。"宇垣医生微微皱着眉点了点头，操纵鼠标打开了另一幅 CT 图像。"这是肝脏的 CT 图像，除了肺部，已经确认肝脏也有转移。"

随后产生的感情是愤怒。"你们不是说几乎百分之百不会转移吗？"柳泽在心中大声呐喊道，说不定干脆叫出声来指责眼前的女医生心情能好一些。但是，也不知道是幸或是不幸，柳泽大脑的另一部分还保持着理性，明白就算大喊出来也无济于事。

"柳泽先生，请冷静下来听我说。我明白你现在很受打击，不过，你对癌症的认识也许早就过时了。"

"过时？什么意思？"柳泽问道，他能感到自己的声音在颤抖。

"以前，转移确实等于死亡，不过近年来情况正在改变。分子生物学的发展让一些癌症变得可以治愈。"

"我知道。但是现在发生转移的患者几乎依然无法得救吧？以前我就说过，我是做药物行政工作的，你不用安慰我。"

"这不是安慰。"宇垣医生的目光安静却有力。

柳泽想起刚才那两个人的对话。他们说日本癌症中心研究所都无法阻止恶化的转移性癌症通过这里的治疗变小了。

他以前就听说过这家医疗中心对转移性癌症的治疗效果很好，不过刚才他第一次亲耳听到别人的亲身经历。因为他原本没想过自己身上会发生转移，所以只把湾岸医疗中心的独特疗法当成一种保险。

柳泽稍稍冷静了一些。虽然转移让他很受打击，但他原本就考虑到万一发生转移的情况才选了这家医院。现在必须听医生继续说下去。

"我听说这家医院独特的治疗法成效很好。刚才在等候室和我在一起的那两个人说，日本癌症中心研究所都没有阻止恶化的癌症在接受这里的治疗后变小了。"

"两个人？啊。"宇垣医生点了点头说，"我不能透露其他患者的事，不过那名患者的癌症确实也没有继续扩大。"

"也？就是说还有很多像他一样的患者了？"

"这种治疗方法很费事，所以费用高昂，不可能有很多人接受，不过在适合这种治疗法的人中治疗成效确实很好。"

"适合是什么意思？"

"癌症的类型。简单来说，我们的治疗法对多种类型的癌症都有效，但并不是对所有癌症都有效。"

条件反射般提出问题后，柳泽屏住呼吸握紧了拳头。如果不适合，那自己的人生可以说已经终结了。

"是的，"宇垣医生露出柔和的微笑，"手术时提取的癌细胞通过培养后进行了检测，我们的治疗法适合柳泽先生的肺腺癌的可能性极高。"

"能治愈吗？"

"很遗憾，我认为癌症不会完全消失，但是应该能抑制癌症的成长和转移，也可以期待肿瘤变小。"

"是吗？"柳泽低下了头。

"请不要失落，肿瘤只要不变大就几乎不会出现问题。"

"道理我明白……"

"我们会这样解释，我们的治疗法在某种意义上治愈了癌症。"

"你刚才不是才说过治不好吗？"这家伙在说什么啊？柳泽觉得自己从刚才就皱着眉头，现在皱纹更深了。

"彻底治愈柳泽先生的肺腺癌很难，但是肿瘤将不再扩大，或者说只会以极缓慢的速度生长，并且不会转移，和良性肿瘤一样。良性肿瘤并不是癌症。"

柳泽在理解宇垣医生话语的同时，心情也开朗了一些。

"原来如此。在某种意义上治愈了癌症就是这个意思吗？确实，良性肿瘤就不那么可怕了。"

"但是，不能使用医保报销医疗费用，所以治疗费也会比较贵。"

"大概要多少？"

"每个月十五万日元左右。就算加入了癌症保险，如果其中不涵盖自由治疗，费用就得全部由自己承担。"

"十五万日元吗？"真贵啊，柳泽心想。他加入了涵盖先进医疗的癌症保险，但并不涵盖自由治疗，因为他加入癌症保险时觉得大多数自由治疗都是可疑的东西。不过十五万日元对柳泽来说绝不是负担不起的金额。现在住在家里的大学生女儿如果搬出去一个人住，每个月应该也要花掉这么多钱。

"我们的治疗由多种治疗法组成，尝试各种方法后，每个月的治疗费很有可能并不高。当然，如果您想接受其他医院的标准化疗，请不要客气尽管说，我会为您写介绍信的。"

宇垣医生的话听在柳泽耳朵里，就像是在说"如果你想作出愚蠢的选择而放弃幸运，我也不会干涉"。自己怎么会作出这么愚蠢的判断呢？"请务必让我在这里接受治疗，拜托了。"柳泽鞠了一躬。

"我知道了，我们会尽最大的努力，一起加油吧。"

宇垣医生说完，用力点了点头。

9. 2017年3月31日（周五） 行德

"不过，我越想越觉得这次的事情太巧了，简直不可能。"走在旁边的水岛皱着眉头说道。

"所以我们才要特地赶过去去看看的啊……"森川目不斜视地看着前方回答道，他没想到会变成这样。

河道两边是一排排的樱花树，盛开的樱花仿佛遮住了整片天空。森川和水岛正并肩而行一起走向小暮麻里位于市川市行德的公寓。

距离他与夏目和羽岛的那次讨论已经过去了半年，当时他们说到了夏目的患者中不断出现利用重病克服支援制度特别合约取得保险金的人。

结果支付时的调查中也没有发现疑点，小暮女士得到了重病克服支援制度特别合约的三千万日元和癌症保险的五百万日元。

不可思议的事情还在后面。森川一直是从夏目口中了解参加新药临床试验的小暮女士的病情，令他惊讶的是，小暮女士的肿瘤在治疗中渐渐消失了，之后既没有复发，恢复情况也很好。

羽岛提出的那个双胞胎替身互换身份看病的假设是错误的。小暮女士的癌症虽然消失得很快，但毕竟是逐渐消失的，完全没有被他人替代的痕迹。为了谨慎起见，森川委托调查公司查了小暮女士有没有双胞胎的姐妹，结果并没有。果然没有代替患上癌症的双胞胎获得寿险这种事情。

但是，并不能就此接受这种大团圆结局，因为这实在是太巧了。

水岛说道："不过，三名保险代理人一起去祝贺她大病痊愈，她一定会起戒心的吧。"

"也不全是这样，给她一些压力，她才更容易在想要隐瞒的时候露出破绽。"

"这不是我的工作。"

"如果不是看你坐在桌子前昏昏沉沉的，我是想一个人来的。"

"我昨天一直工作到深夜。"

"我们公司可是难得的弹性工作制，你在家好好睡一觉再来就好了啊。"

"起得太晚会被妈妈叫起来，还是在桌子上睡比较好。"

一名小个子的中年女性在前方的路旁招手，是保险代理人金本。

"哦，在那里在那里，金本女士。"

也就是说那里就是小暮的公寓了吧。金本是让小暮投保的代理人。

小暮家住在一栋二层公寓的二楼，就算说应酬话也称不上漂亮。虽然这栋公寓每一户都是两室一厅加厨房的户型，不过考虑到这里到车站需要步行二十分钟，再加上建筑的年份，每个月的房租应该只有七万日元左右，说不定更便宜。

"让大家久等了，不过我们比约好的时间来得早了一些。"森川冲着金本鞠了一躬。

"天气这么好，待在公司里太浪费了。"金本说着，微胖的身体随着笑声颤抖。

"这是您让我买的礼物。"水岛将一个纸袋递给金本，里面装着在东京站买的老字号蛋糕。

"谢谢你，小暮女士的女儿果铃最喜欢这家的蛋糕了。"

"还有五分钟就三点钟了，等一会儿再上去吧。"

金本点了点头："公司调查部的人来庆祝，这可是第一次啊。"

"您一定觉得这种事情很稀奇，是不是发生了什么吧？"

"嗯。"金本笑着点了点头，眼睛里毫不避讳地射出好奇的目光。

"其实没什么特别的，只是领导说了偶尔要和客户接触，而且比起去世者的遗属，像小暮女士这样在癌症晚期还能恢复的人更方便见罢了。"

"啊，原来如此，是这么回事啊。"金本虽然嘴上这么说着，笑容也没有消失，不过她看起来完全没有接受森川的解释。

算了吧，森川想。就算金本怀疑，对他们也没有影响。当然，金本应该也猜到了自己来是因为怀疑其中有作弊行为吧。骗保的事件中，代理人和投保人是同伙关系的情况不少，不过看金本的样子应该并不知情，她的视线中明确显示出了单纯的好奇。

"果铃好像一生下来身体就不太好啊。"森川问金本。

"嗯，小暮女士怀上果铃没多久，好像就得了风疹。"

"好像？"

"她没有出现明显的风疹症状，只是……"

"什么？"

"她丈夫，不，已经是前夫了，他前夫当时出现了风疹症状。得知自己怀孕后不就不能打风疹疫苗了，而且当时风疹比较流行，小暮女士跟她前夫说过让他去接种疫苗，不要把风疹带到家里来，但是她前夫坚持说没关系就没打疫苗。结果她前夫染上了风疹，虽然小暮女士当时急忙回了娘家，但是风疹在潜伏期也能传染。"

"就这样，小暮女士虽然没有明显症状，但依然被传染了，然后就生下了患有先天性风疹综合征的果铃吗？"森川抱着胳膊问道。

"当时的主治医生跟小暮女士明确说过孩子有残疾的风险，但是小暮女士并没有选择打掉孩子，毕竟是好不容易才怀上的孩子。"

风疹是和疱疹、麻疹一样的病毒性传染病，特点是全身起疹子，不过传染性比疱疹和麻疹弱。

风疹的危害在于妊娠十二周内的孕妇感染后，有很高的概率生出心脏、听觉、视觉等出现残疾的孩子。风疹可以通过预防接种避免，但是在日本由于各种原因，无法进行预防接种的人有很多。

"不过，她前夫也太过分了吧，明明风疹正在流行还不打疫苗。"

"不仅如此。"金本皱着眉头继续小声说道，"刚得知果铃有先天性残疾，那个前夫就找了别的女人人间蒸发了。"或许金本自己都没有发现，她嘴角浮起了一丝微微的笑意。森川觉得真是看到了讨厌的东西，不过他认为金本的笑容还称不上恶意。

"真过分。"水岛说道。她眉头紧蹙，表情悲伤。

"就是啊。"金本说着重重点了点头，开始对水岛倾诉小暮的前夫是个多么过分的男人。

森川不想继续听这种八卦话题了。

她的前夫大概是个小气的男人吧。打疫苗又疼又要花钱，而且还有传闻说疫苗不仅没用，反而有害。那个男人只会接受这种对他有好处的信息，完全没有危机感或者内疚心，只会在将自己的行为正当化之后逃避接种疫苗。

虽然对小暮来说这种事情很令人绝望，但类似的悲剧屡见不鲜。单身母亲带着孩子的家庭经济状况不容乐观，带着有残疾的女儿一起生活一定捉襟见肘吧，而且小暮自己作为女儿唯一的依靠也患上了晚期癌症。只能说，小暮当时的绝望已经超越了森川的想象。

小暮虽然为女儿的未来着想买了一份高额的寿险，不过要丢下无依无靠又身患残疾的女儿，那些钱应该并不能让小暮放心。

但是，小暮从死亡边缘奇迹般地生还了，而且还凭借重病克服支援制度特别合约拿到了三千万日元。

如果只听这段故事，很多人都会觉得这是天无绝人之路吧。就算是森川自己，如果不是因为此事与公司的寿险有关，一定也只会觉得这是催人泪下的一项奇迹。

但是，如果自家公司的寿险中可能出现作弊行为的话，就不能简单当成奇迹来看待了。如果小暮存在作弊行为，那么坐视不理就是对大多数善良投保人的背叛。

不能先入为主地判断是否有可疑之处，如果什么都没查到自然最好，自己就可以在心中为这份怀疑道歉，然后真心诚意地祝贺小暮康复了。主治医生夏目已经对自己说过治疗过程没有可疑之处。

在凭借夏目的诊断证明获得重病克服支援制度特别合约保险金的四人中，其他三个人都没有接受日本癌症中心研究所的治疗，而是选择了转院，不过夏目会咨询他们转去的医院，要求他们向自己转达现在的情况。

考虑到重病克服支援制度特别合约的理念，就算实际死亡时间在半年之后也没有问题。

出现像小暮这样奇迹般地从死亡深渊生还的患者，本来应该是值得高兴的事。正因为少见，在寿险制度上才没有问题。

但是，近年来医疗水平正在飞速发展。

根据夏目的说法，这次小暮参加的临床试验中使用的抗癌剂尽管能比旧的抗癌剂更有效地延长性命，但称不上革新。虽然药物很有成效，不过正常来想，小暮能被治愈确实相当幸运。

森川看了看表，已经三点过几分了。

"我们走吧。"

水岛和金本停止交谈，点了点头。森川刚才漫不经心地听了听两人的对话，金本确实没说出什么重要的信息。

金本按下门铃，门对面似乎有人正从猫眼向外张望，然后门开了一道缝。

"下午好，您的病刚刚好就来打扰，实在抱歉。这是保险公司送来的康复贺礼。果铃不是最喜欢这家的蛋糕了吗？"金本一口气说完了大段寒暄，把纸袋递进屋内。门里传来女孩道谢的声音。

"多谢费心了，请进。"门里传来一个与女孩不同的平静声音，应该是小暮本人。

金本打开门侧身站在一旁，森川和水岛向前走了一步。

门口站着一位身材和声音一样纤细的女性和小学生模样的女孩子。

"这是大日本生命保险公司的森川和水岛。"

"我是森川，恭喜您康复。"

"我是水岛，恭喜您康复。"

森川和水岛都深鞠一躬，递上准备好的名片。

"我是小暮，谢谢你们今天来看我。"小暮接过名片深鞠一躬，过了一会儿抬起头来，动作很恭敬。

森川还礼后看着小暮的脸。他想试试能不能从表情中看出什么，却什么都没看出来。既没有在隐瞒什么的样子，也看不出任何不安。

"这是我的女儿，果铃。"

果铃一边打招呼一边鞠躬，发音有些不清楚，一只耳朵里和耳朵后面似乎装着什么设备。森川觉得可能是助听器，又觉得体积有些大，他曾经给母亲送过助听器，当时没想到那东西竟然那么小巧。

"这是人工耳蜗。"大概是注意到了森川的视线吧，小暮开口解释道，"我女儿一生下来耳朵和心脏就不好。"

果铃紧紧盯着森川的脸，她的视线并没有朝着眼睛，而是看着森川的嘴。

"只靠人工耳蜗无法完全理解别人的话，还要配合读唇语。"

小暮说话时没有看森川，而是冲着果铃的方向，果铃点了点头。

"你好。"森川努力做出清晰的嘴型与果铃打招呼。

果铃笑眯眯地对他说了声"你好"，声音很有活力。

森川觉得这是个可爱的孩子，虽然打招呼这种话应该用不着看唇语，不过小姑娘似乎还是很开心自己能为她着想。

小暮把众人请进屋子。金本第一个快速脱下鞋摆好后走进屋内，森川和水岛紧随其后。

一踏入室内，一股只有女性生活的空间特有的香味乘着春风钻进森川的鼻腔中，让他鼻子痒痒的，他们在小暮的邀请下坐在了餐桌旁的椅子上。果铃钻进被炉，仿佛那里就是她的专座，然后打开了笔记本电脑。

"不管怎么说，这次真的是承蒙照顾了，我也不知道该说什么，就是觉得有些抱歉。"小暮一边用电壶往小茶壶里倒热水一边带着不知所措的表情说道。

"别说傻话了，治愈了重病有什么好抱歉的，对吧？"森本瞥了一眼森川。

"嗯。"森川点了点头，"基于重病克服支援制度特别合约的保险金申请是投保客户的正当权利。虽然像您这样的例子很少见，不过正因为如此我们才前来祝贺的嘛。"

"你看，我们大部分时候都是上门让人节哀顺变的。"金本说着笑了起来。

小暮露出一个有些犹豫的微笑。"老实说，这次你们真是帮了大忙了。这孩子没有父亲，身体又有缺陷。"小暮给每个人都泡了绿茶，"我一定会好好使用这笔钱的。"

"你的身体已经没问题了吗？"金本问道。

"是的，托您的福。"小暮也拉过一把椅子坐下，"我已经从上周开始工作了。"

"哎呀，那真是太好了。"金本拍了拍手道，"你在哪里工作？之前那家公司已经辞了吧？"

"嗯，因为之前是合同工，现在我在浦安的物流公司做业务员。"

"这次是正式职员吗？"金本的表情有些意外。

"是的。"

森川觉得虽然金本身上有他不习惯的部分，不过和她一起来真是太好了，他自己就没办法这样心直口快地问问题。

"那真是太好了。很多人得了癌症之后都会为没法继续工作而苦恼，你倒是当上正式员工了。"

森川狠狠瞪了金本一眼，然后看着钻进被炉的果铃。果铃看过来的视线中看不出特别惊讶的样子，看上去女儿已经知道母亲得了会威胁生命的病。

"我得癌症的事，得到保险金的事女儿都知道。当然，癌症已经痊愈的事我也告诉她了。"小暮看出了森川的疑问。"而且我能当正式职员就是因为得了癌症。"

"因为得了癌症？"金本一脸难以相信的表情。

"是的。雇用我的物流公司的社长也查出了癌症转移，然后奇迹般地痊愈了，所以会积极雇用同样境遇的人。"

森川想，还有这样的事啊。经常听说提携同乡和学校后辈的事情，如果克服了同样的疾病，确实很容易引起共鸣吧，更不用说癌症这种性命攸关的重病，而且还被诊断为晚期。

"太好了。"金本说着，眼眶有些湿润了。森川心想，她确实不是坏人。

小暮点了点头道："这份工作很轻松，在女儿身体不好的时候，社长也允许我灵活调整时间。他不常提起疾病的事情，不过是个好人。"

森川听说过人在鬼门关走过一遭后，人生彻底改变的事情。雇用治愈晚期癌症得以生还的人或许也合情合理。

"真是个美好的故事。"水岛说道，"不过，您是怎么遇到那位出色的社长的呢？"

"是医院的医生介绍的。"

"医院。"水岛歪了歪头，"筑地的日本癌症中心研究所吗？"

"不，是浦安的湾岸医疗中心。"

"湾岸医疗中心。"水岛只是重复了一遍医院名称，似乎在催对方继续说下去。

"可以说是经常为我们看诊的医生吧。果铃是在行德妇产科出生的，不过在知道她患有残疾后就去了湾岸医疗中心。我自己如果得了感冒就会在附近的诊所随便看看，不过敏性鼻炎是在湾岸医疗中心治疗的。"

"您不是在看到过敏科的诊断后才去湾岸医疗中心的吗？"

"不是，是在陪果铃去看病的时候，循环系统的医生看了我的症状后让我去了过敏科，我当时觉得没什么大事。"

"原来如此，您接受过什么特殊的治疗吗？"

"我不知道算不算特殊，只是吃了医院开的药，接受了通过打针进行的脱敏治疗。"

"是通过注射过敏原物质抑制过敏反应的疗法吧。"

"嗯。"

"在日本癌症中心研究所治疗时，过敏治疗还在进行吗？"

"在接受临床试验之前我和医生谈过，医生说现在没有过敏症状，决定暂时停药观察。"

"对了。"森川打断了两人的对话，他们不是来问过敏的事的，"既然是医疗中心，规模应该不小，你没有在那里诊断出癌症吗？我记得你是在体检时发现肺部阴影的。"

"嗯。是在公司体检时拍摄的胸部 X 光片中发现了阴影，然后我先去了湾岸医疗中心。不过那里治疗癌症的人太多，他们就让我去其他医院治疗了。"

金本皱起眉头道："啊，有不少有钱人和政治家去那里治疗癌症，那里的独特疗法不仅价格高昂，保险还不能报销，我们这样的穷人一定会吃闭门羹的。"

小暮的表情有些为难："我想一定是因为人真的太多了，毕竟那里是我去过很多次的医院，我加入保险也是参考了湾岸医疗中心给的意见。我一开始觉得用不着买那么贵的保险，和那里的医生商量后才渐渐开始担心家里的女儿。"

森川问道："于是湾岸医疗中心帮你给日本癌症中心研究所写了介绍信吗？"因为日本癌症中心研究所是受厚生省劳动大臣认可的特定功能医院，以普通医院介绍来的、需要先进医疗行为的患者为治疗对象，所以看病需要有介绍信。

"不，湾岸医疗中心只是口头向我介绍了附近的盐滨综合医院，说那里更快更方便。"

"所以你就在盐滨综合医院治疗了吗？"

"嗯。不过检查结果证明我的癌症很罕见，说是最好去日本癌症中心研究所看病，于是为我写了介绍信。"

"然后，夏目医生为你检查后下了剩余寿命的诊断通知吧。夏目是我高中时期就认识的朋友。"

"是这样啊。"小暮睁大了眼睛，露出今天最灿烂的笑容，"请代我向夏目医生问好。医生是我的救命恩人，要是夏目医生没有推荐我参加临床试验的话，我现在还不知道会怎么样呢。"

"您的治疗看起来很顺利，有什么特别痛苦的事情吗？"

"是啊。整体来说没有我想象中的那么痛苦。提到抗癌剂，我想到的都是掉头发，治疗中不停呕吐之类的。"

"治疗过程中没有产生严重的副作用，癌细胞就这样消失了真是幸运。"

"嗯。不过，我不知道在副作用中算不算严重，该怎么说呢，治疗刚刚开始时，我就出现了癌细胞突然大量死亡时特有的症状。医生说这是药物充分起效的证明，症状也很轻，不过我还是住了几天院。"

"有什么样的症状呢？"

"手脚麻痹，验血后说是什么什么综合征。"

森川记下笔记，想着要问问夏目是什么综合征。

水岛刚才一直在按手机，现在举起手说道："应该是肿瘤溶解综合征。"

"啊！就是这个。"小暮点了点头。

水岛点点头，开始读不知道哪个网页上的内容："上面写着根据情况不同，有时会造成死亡，还好小暮女士的症状较轻。"

小暮点了点头说道："嗯，真的是这样。因为夏目医生处理得很好吧。"

森川也点了点头说道："真是幸运。"

"我真的很幸运。虽然患上癌症很不幸，但是药物疗效很好，也拿到了重病克服支援制度特别合约的保险金，而且现在还能健康地活着。"

森川想道，这真是太幸运了，而且小暮在购买与收入不符的高额寿险后很快就被诊断出癌症，这种幸运可不常见。

但是，现在完全看不出小暮用了什么作弊手段。她完全不像做过坏事的人，只是在一味感谢自己的幸运。

森川再次提到了重病克服支援制度特别合约的话题，特意带着微笑问出了此前一直无法问出口的话。

"说到幸运，支付保费的时间很短也是一种幸运啊。您应该知道，参保后短时间内申请保额时，所有申请都会比普通申请调查得更详细。"

"嗯。"小暮的表情有些不安。

"当然，小暮女士的调查结果中没有发现可疑点，所以已经支付了保额，这一点没有任何问题。虽然少见，不过骗保这种事还是有的。"

"是啊。我支付保费的时间这么短，总觉得有些抱歉。不过我也觉得这一点很幸运，因为得了癌症之后再想买保险可就晚了。"

听到森川说起骗保，小暮完全没有出现动摇。如果她真的做过骗保的事情，那她的演技实在高超，不过现在看来并非如此。

森川的结论是没有特别可疑的地方。虽然当作巧合未免太巧，不过因为完全感觉不到人为操作的痕迹，如果继续怀疑的话就是对客户无礼了。

森川觉得这也许是上天对经历过各种不幸的母女的恩宠吧。虽然他是无神论者，不，正因为他是无神论者，才无法否定有某种存在拯救了这对穷困的母女。

这时，森川注意到房间里传来了轻微的咔嗒声。他看向声音传来的方向，是钻进被炉里的果铃正在敲击笔记本电脑的键盘。她没有浏览网页，而是专心致志地输入着什么，敲击键盘的速度快得惊人。

"果铃，"森川冲果铃叫了一声，口齿清晰地问，"你在努力做什么呢？"

"学习应用软件。"果铃的声音有些害羞。

"应用软件，是电脑或者手机上的吗？"

果铃默默点了点头，然后又开始敲打键盘，好像不喜欢被打扰太久。

小暮看着果铃，好像在看什么散发着光芒的人。

"她说以后想当一名计算机工程师，为像自己一样双耳失聪的人改良系统，能够在视频中自动添加字幕。而且她知道有因为先天性风疹综合征而目盲的孩子之后，又说想要让盲人也能够更自由、更简单地使用电脑。现在她正在学习面向孩子的电脑教室课程，那里的课程很多都是实践性的，也会有像这样实际制作并运行应用软件的课程。"

"真惊人。"水岛和金本不仅仅是惊讶，她们看向果铃的目光与小暮一样，森川知道自己的表情一定同样如此。果铃悄悄看了看他们，就重新敲起了键盘。

"去电脑教室上课的钱用的就是你们给我的保险金，那台电脑也是用保险金买的。"

森川眯起了眼睛。保险金要怎么用完全是投保者的自由，保险公司一般不会知道这笔钱用在了哪里，也没有兴趣知道。不过得知这次用在了实现孩子的梦想上，他依然很开心。

森川觉得这才是保险应有的样子，虽然这种想法可能太理想化。不行，不能向现实投降而放弃理想。

争夺死者留下的保险金，导致关系不和的遗族以后应该不会消失，也会有人因为寿险而被夺去生命吧。

尽管如此，生命保险本身依然是基于人们的希望和爱而存在的，这一点不会动摇。眼前这个前途似锦的孩子就是因为有母亲的爱，未来才变得开阔。自己从事的工作为她们提供了很大的帮助。

森川心头一热，找回了久违的初衷。他没想到能在出于怀疑前来拜访的家中体会到这种感觉……

离开小暮家后，森川和水岛与金本分开了，橙色的阳光不再耀眼。

"保险金被用在了合适的地方，真让人安心。"水岛一边这么说着，一边将管子插进顺路在便利店买的咖啡味豆奶饮料中使劲儿啜了一口。

"投保人怎样使用保险金，这和我们没有关系。"

"我觉得果铃想做的事很厉害，科长不觉得吗？"

"我也觉得。"

"你不开心吗？"

"让我打从心里开心的是没有发现作弊的痕迹。"

"这一点我也觉得松了一口气。我们是因为怀疑作弊前来拜访的，现在说这种话是有些矛盾。"

"就是。"森川笑了。

"如果发现了作弊的证据，也许果铃的梦想就无法实现了。"

森川点了点头。就算母亲做出了不正当的行为，那个孩子也是无辜的。她接受了与生俱来的残疾，想利用这一点为社会做出贡献。

这件事应该已经不需要介入调查了，调查本来就已经结束了。

森川的日常工作是利用数据发现作弊行为，原本就不需要和投保者见面。因为这件事太奇怪才特意出了一趟差，他觉得带上水岛一起来拜访真是太好了。

"科长一会儿和夏目医生他们约好赏花了吧？"

"嗯，到时候会交换各种信息。"

"我很期待下周能够听到结果。专家医生会怎么看待这件神奇的事呢？"

"这样啊，你今天要不要一起来？"

森川相信自己的邀请很自然。

"你们要去上野赏花吗？"

"嗯。和夏目一起，还有一名日本癌症中心研究所的医生会来，不过他不做临床治疗。他是传染病学的专家，说不定和你谈得来。"

森川没有说羽岛是个怪人，因为不能让水岛起戒心。

"这件事里有太多不可思议的地方让我很在意，但是我去的话不会打扰你们吗？"

"当然不会，大家都很欢迎你。"

"我是挺有兴趣的，但是……"

"怎么了？"

"没有其他女性吗？"

"有。"森川笑着回答，"夏目的妻子会来。"

森川认为没必要提纱希喝醉后很黏人的习惯。

水岛放心地点了点头道："我给家里打个电话好吗？如果妈妈已经干劲十足地准备了晚饭就太对不起她了，虽然这种情况很少。"

"当然可以。"森川点了点头。

水岛拿出智能机给家里拨了电话，森川在听到"咖喱"这个词的时候就在心里握了握拳。水岛说了句不会太晚，然后挂了电话。

"同意了，那就拜托您了。"

"大家都会开心的，而且咖喱放一晚上之后会更好吃。"

"虽然没有和刚做好的咖喱比较过，不过我也有这种感觉。"

"你就老实说一句'是啊'不就好了吗？"

水岛微微牵起嘴角："今天跟公司说好出差后会直接回家，所以现在直接去上野吗？"

"我是这么打算的。"

"晚上会很冷吧，穿成这样我有些不放心。"

水岛虽然穿了春装外套，不过穿着套装裙赏夜樱可能会冷。

"是啊，夏目妻子住在丰洲，从那边去上野很方便，让她帮你带件衣服吧。而且羽岛，就是我刚才跟你说的传染病学专家，他每年都会准备烫酒。"

"烫酒吗？虽然很暖和，不过上野公园应该不能用火吧。"

"不能用哦。"

"那要怎么烫呢？"

"敬请期待。"

水岛看到了一定会吃惊的吧，说不定会目瞪口呆。

10. 同日　上野公园

上野公园的樱花开得密密麻麻，就像云雾缭绕在人们头上，在灯光下与夜空形成鲜明的对比，让人联想到描金画中的风景。

天空下展开的是一片只能用日式来形容的混沌。铺天盖地的混沌中存在随处可见的秩序，构成了一片奇妙的空间。

夏目在路上的行人中看到了森川后从席子上起身叫他，见森川没有看到自己，便立刻拿出手机给他打电话。他看着森川边走边把手机放在耳旁。

"在你右边斜后方。"

森川回头挥了挥手，身边成熟的女性应该就是他口中的下属了吧。

森川从纵横交错的野餐毯之间走过来，举起手说着"我来晚了"。

"很漂亮嘛。"纱希脸上已经泛起了红晕，看着森川带来的女性说道。

那位女性点头示意道："我是水岛，突然加入你们赏花，很抱歉。"

"你的名字叫什么？"

"琉璃子。"

"那我叫你琉璃子好了。我带了摇粒绒的毯子，需要的话就披上吧。"

"谢谢你。"

"来吧，都坐下，八点就要熄灯了，只能再喝两个小时了。"

森川和水岛顺着纱希的邀请和几个人一起围坐成一圈。

"这些瓶子是干什么用的？"水岛看着几个人中间放着撕掉标签的五百毫升装塑料瓶问。

"你怎么想？"羽岛拿了一个塑料瓶伸到水岛面前。

"上面写的是酒的名字吗？"

"没错，这里不能带酒瓶。所以我就把酒装在塑料瓶里带进来了，很奇怪吧？"

"嗯，不过我看到不少人是带着酒瓶来的。"

"那都是外行，不允许的事就是不允许，虽然我不知道为什么，不过规则就是规则。"羽岛摇了摇头，架在鼻梁上的金边眼镜在提灯的照耀下反射着光芒。

"这是羽岛，就是我跟你说的专门研究传染病学的医生。"森川为水岛介绍道。

"初次见面，虽说是医生，不过我只是有行医执照而已，也就是所谓的纸面上的医生。"羽岛说完，把在日本酒试饮会上用到的一次性小塑料杯子摆在水岛和森川面前。

"还有烫酒吗？"水岛问。

"嗯，在那个保温瓶里。右边的保温瓶是烫酒，左边的是温酒。分别用适合两种酒的温度加热过了。"

"在家热好后拿来的吗？"

"怎么会。"羽岛说着，露出一个好像在说"我就等你这句话"的笑容，"如果是那样的话，就算装在保温瓶里也不能保持最好喝的温度了。我是用这个自制温酒器热的。"羽岛指了指身后的装置。装满水的金属箱子里泡着一柄长把酒壶。

"这里禁止用火吧？是用电吗？"

"用电池很难得到需要的温度，我使用了氧化钙，就是利用俗称的生石灰与水发生反应生热的原理。这是我今年自己做的，今天是第一次投入实战，不过很顺利，我在家反复试验很多次了。"

"这样不危险吗？"

"同样的构造还能用来热杯装的酒以及盒饭。新干线上用的也是这种东西，所以在这里用应该也没问题吧。"

"直到去年，你都是把烫酒杯子里的酒拿出来放进自己喜欢的酒啊。"森川笑着说道。

"原来的酒怎么办呢？"水岛好奇地问。

"收集起来，之后洒在我祖父的墓碑上，他喜欢地道的日本酒。我想祖父也会开心的吧。"

"嗯？"森川睁大了眼睛，"你说要带回去给喜欢喝地道日本酒的祖父，所以我一直以为你祖父还活着……"

"不，他在我上大学的时候就去世了。"

森川愕然地摇了摇头。

夏目苦笑了一声，和水岛打了个招呼。"初次见面，我叫夏目，这是我妻子纱希，我们几个都是在高中时期结下的孽缘。"

"先干杯吧。夏目，你来说吧。"羽岛说着，把保温杯里的液体倒进了水岛和森川的杯子。

"那么，为庆祝我们四个老朽的人里加入了年轻人，干杯。"

夏目说完，五个人碰了碰塑料杯。水岛悄悄观察着其他人，发现他们都没有喝干杯中的酒，于是只抿了一口就把杯子放下了。

"就是，不用喝完也可以，当然，如果你想喝完也没问题。"纱希一边把筷子和纸盘子递给水岛一边细心地说。

"谢谢你。我一小口一小口喝就好。"水岛道谢后环顾一周后问道，"这里很难占到位置吧？"

"很难啊。"羽岛抱着胳膊，闭上眼睛点了两下头。

"骗人，又不是你占的位置，虽然我们到这里的时候只有你一个人。"夏目轻轻戳了戳羽岛的头。

"今年是谁占的位？"森川问羽岛。每年，羽岛都会让工作上欠他情的同事或者制药公司的员工帮忙占位。

"从今年开始就不公开了。"羽岛摇了摇头继续道，"因为夏目会生气，明明你也受人恩惠。"

"我才没生气。"

"算了，这样不是挺好的嘛。"纱希打断了夏目的话。

"就是就是，占位置不过是小事，我给他们的恩惠可是一般人很难得到的，夏目你不用多想。"

夏目正想反驳，看了水岛一眼后把话咽了回去，问起今天拜访客户的事。

"森川今天去了小暮女士家吧？她身体还好吗？"

"挺好的。"

"果铃也在吧？"

"嗯，她也挺好的。"

"发现什么不对劲的地方了吗？"

"没有，我让调查公司查过了，小暮女士没有双胞胎姐妹。"

"我想也是。"羽岛大言不惭地说道，"不过尽早排除这种可能性也不是坏事，如果考虑了各种情况最后发现是双胞胎姐妹替身互换身份看病的话，这种情节写在推理小说里的话，读者会刚一读完就把书扔掉的。"

夏目叹了口气道："嗯，你说得对。"

"对了，小暮女士说她得过肿瘤溶解综合征？"森川问。

夏目点了点头："不过症状较轻，完全可以处理，应该是抗癌剂的药效太好了。虽说固体肿瘤很少会出现肿瘤溶解综合征，不过随着近来抗癌剂的药效越来越强，时不时也会遇到。"

"没有特别值得注意的症状吧？"

"嗯。比起这个，小暮女士的家里怎么样？"

"保险金应该很好地用在为女儿的未来做打算了。我好久没体会到保险存在的意义了，真好。"

"是吗，那就好。"嘴上这样说着，夏目却在心里打了个问号，"我不是跟你说好会调查我下过的剩余寿命诊断通知书，并在大日本生命保险公司加入重病克服支援制度特别合约的其他三名患者后来的情况吗？其实结果不久前就出来了，不过我在你今天去拜访小暮女士之前一直没告诉你。"

"为什么？"森川皱了皱眉头。

"我不希望你在去拜访小暮女士的时候有先入为主的想法。因为无论你有多怀疑，我都能保证小暮女士身上没有可疑之处。"

森川的表情变得严峻："夏目，其他三个人究竟……"

夏目环视了一圈所有人的表情后说道："所有人都活着。"

纱希反应很快："之前不是说过就算下了剩余寿命诊断通知，也有不少人在过了诊断时间之后还活着吗？"

夏目点了点头："因为估算剩余寿命很难，但是在下过诊断通知后，癌症彻底痊愈的情况十分罕见。问题在于那三个人的癌症也全都痊愈了，加上小暮女士，我诊断为还剩半年寿命的所有人都痊愈了。"

"这怎么可能……"森川发出一声呻吟，"会有这种事情吗？所有加入保险时没有可疑之处的癌症晚期患者全都得救了？"

纱希说道："你是怎么查到的？除了小暮女士，其他三个人不是都从日本癌症中心研究所转到其他医院了吗？"

"一个人在离家近的医院里参加了新药的临床试验。剩下两个人不想参加新药的临床试验，想在家附近的医院接受标准化学疗法，所以我给他们方便去的医院写了介绍信。"

"什么是标准化学疗法？"

"就是现在使用的，用普通抗癌剂治疗的方法。"羽岛回答了纱希的问题。

夏目点了点头："转院患者死亡时，我写过介绍信的医院一般会联系我，但是我没有收到过这几个人死亡的消息。我想也许出了什么差错，而且对方其实并没有联系的义务，所以我主动打电话问了问每个人的病情。"

"于是你得知三个人的癌症都治愈了？"羽岛来了兴致。

"嗯，当然还要看以后的康复情况，不过这是已经发生转移的肺癌，使用标准化学疗法治疗的话就算只是暂时的完全治愈也很罕见。而且四个人都是这样就更不可能了。"

"多亏了夏目医生的误诊，森川他们公司损失了一大笔钱。"羽岛笑着说道。

森川连忙摆了摆手："通过重病克服支援制度特别合约获得保险金的患者痊愈，我们公司并不会有损失，而且诊断剩余寿命的时候还有夏目的同事参与，我们公司的医生也说没问题，所以责怪夏目就太没道理了。"

"那真是太好了。"

"才不好。"夏目瞪了羽岛一眼，"这并不能改变我的诊断出错的事实。当然了，放在平时这是值得高兴的事，不过寿险出现可疑之处的患者的治愈率达到了百分之百，确实让人在意。"

"这种事不可能发生吗？"纱希问道。

"确实很难发生。"羽岛回答道。"这次的四个人中有两人接受了使用正在进行临床试验的新药的化学疗法，另外两人接受的是标准化学疗法。顺便问一下，小暮女士接受的那种使用新药的化学疗法，完全奏效的概率有多大？"

"很难说，不过最多也就百分之五。"

"只有这么低？"纱希惊讶地说道。

"就算是这样，已经比现在国家认可的抗癌剂效果更好了，因为这种药的主要目的本来就不是完全治愈，而是延长性命。"

森川说道："对了，夏目你真的不知道小暮女士用的是不是新药吗？"

"不知道。"

"真的吗？"

"你可以随便怀疑，不过不知道就是不知道。"

"那你刚才说的百分之五，也只是她使用了新药的情况下的治愈率吗？"

"没错。"

"算了，细节就不要在意了。"羽岛插嘴说道，"总之，假设小暮女士使用了新药，癌症消失的概率就是百分之五。就简单按照所有人的治愈率都是百分之五来算吧，随机选出的四个人全部治愈的概率是多少呢？"

"不知道。"纱希明显是在思考之前就做出了回答。

"十六万分之一。"水岛回答。

"欸？如果说会发生的话，概率是多少？"纱希又问了一遍。

森川和羽岛无奈地看着夏目，只有水岛用看着珍稀动物一样的表情盯着纱希。

夏目苦笑着摇了摇头："纱希，你知道自己在说什么吗？十六万分之一就是十六万分之一啊。"

纱希噘着嘴说道："等一下，你们为什么要看着典明？明明是我说了奇怪的话。"

"直接看你的话你会生气的吧。"羽岛蹭了蹭鼻子。

"你们与其看着典明，用眼神告诉他快做点什么，不如直接嘲笑我啊。"

"下次我们会的。"羽岛笑着说道，"不管怎么说，四个人全都治愈的可能性在这次的情况下应该更低吧。"

夏目点了点头："四个人都被诊断为还有半年时间，考虑到与参加临床试验的普遍患者相比，他们的癌症病情更重，治愈的概率确实应该更低。"

"就是说不可能发生的事情发生了？"

水岛纠正了纱希的问题："是很难发生的事情。买彩票中一等奖的概率是一千万分之一，不过还是会有人中奖。"

"那么，这是很难发生的事情碰巧发生了？"

"谁知道呢。"羽岛双手合掌，看起来开心得不得了，"如果能证明没有任何作弊行为的话，就可以认为这是碰巧，但是还不能确定。考虑到不自然的寿险，差不多可以断言这不可能是巧合。"

"啊,但是到目前为止还没有发现可疑的点。"森川抱着胳膊说道。

"是到目前为止吧。"羽岛用食指扶了扶金边眼镜,"但是还没有讨论过一切可能性吧?"

夏目皱了皱眉头:"一切可能性?"

"嗯。一般来说很难发生的事发生了,如果认为这不是碰巧,就必须考虑发生的原因吧。"羽岛说的时候完全不在意夏目还苦着一张脸。

"原因?比如?"

"是啊。比如,也许由于什么契机,让某种抗癌剂非常容易生效的肺癌变得多发。"

"这种事有可能吗?"森川问夏目。

"会有新型癌症突然出现的情况,比如切尔诺贝利核泄漏后出现的小儿甲状腺癌。"

羽岛的嘴角微微上扬。

夏目继续说道:"但是这次事件是与不自然的参保相关的对吧?而且我们医院的其他患者中,完全没有出现抗癌剂效果很好的肺癌患者多发的征兆。"

"这样啊。"羽岛点了点头。"那如果是有人在偷偷治疗晚期肺癌呢?"

夏目苦笑着说道:"要怎样做到?我可不知道能高概率治愈晚期肺癌的治疗方法。"

"嗯。"羽岛闭上眼睛点了点头,"夏目这句话说得不错,是啊,我也不知道这样的方法。"

"你想说什么？"夏目瞪着羽岛，没有掩饰语气中的焦躁。

羽岛睁开了眼睛。

"啊，我只是在想也许只是我们不知道而已。"

"只是我们不知道？你是说实际上有这样的治疗方法吗？"

"不知道。所以我说我们不知道啊。但是，我们不知道的东西不见得就不存在吧？医疗水平的进步这么快。"

"我说你啊。"夏目不耐烦地摇了摇头，"不要说这种连你自己都不相信的话。"

羽岛嘴角的笑容消失了。

"不过我这次是认真在想，或许，真的有能够高概率治疗晚期肺癌的方法，不是开玩笑。"

"那你说是怎么做到的？"夏目皱起眉头，"每个人身上都没有可疑之处吧？至少我全程参与了小暮女士的临床试验，森川去她家的时候也没发现可疑之处。"

"虽然你说全程参与，不过既然她使用抗癌剂时没有住院，就有可能偷偷接受其他治疗吧。而且……"

"什么啊？"

"与四个人都能扯上关系的医疗相关人员只有夏目，一般情况下应该要怀疑是夏目做了些什么吧。"

"喂喂。"

"啊，不过事实并没有，无论是好是坏，夏目才不是这样的家伙。"

　　纱希也表示赞同："是啊，无论好坏，典明不是这样的人，我倒是觉得他要是再多一些神秘感就好了。"

　　"怎么连你都这样说，饶了我吧。"

　　"那么，'夏目暗箱操作说'被驳回，我们重新想一想这个案件吧。"

　　"这是案件吗？"森川说道。

　　夏目摇了摇头说道："别管他，森川。在羽岛每次擅自兴奋起来的时候吐槽，这相当于在患上细菌性肠胃炎的时候开止泻药一样没用，不如放任不管恢复得更好。"

　　"你说得真好，虽然在吃饭的时候说这种话非常不合适。"羽岛若无其事地忽视了夏目语气中的挖苦，"那么，既然认为四人治愈晚期癌症并非偶然，就必须考虑原因了。让患者治愈的原因就是治疗行为，尽管四名患者接受了治疗，但从他们的病情来看，治愈的概率都不高。这些都没问题吧？"

　　"不用一个个确认，你随便说吧。大家也都没有必要仔细听羽岛的胡思乱想，把他的胡思乱想当成背景音乐喝酒就好，下酒菜都没怎么吃啊。"

　　"啊，算了，那我就自己继续说了。"羽岛一边说着一边啜了一口酒，"这样一想，不就应该是有人将四人的病情导向治愈了吗？"

　　"我说了不要问我们，我们要是有兴趣的话会主动说的。"

　　"这是我的习惯，夏目你不用一一回答。"羽岛的脸上带着一丝歉意。

　　纱希开始问水岛各种私人问题。夏目一边欣赏夜樱，一边听着羽

癌症消失的陷阱

岛在旁边说话。

"那个，"羽岛挠了挠头。"对了。那么是谁将四人的病情导向治愈的方向了呢？这件事目前自然还不知道……"

羽岛后面的话就听不清了，他嘟嘟囔囔自言自语的样子很像烂醉如泥的人，不过羽岛的酒量没有这么差，他若是真的喝醉了就会睡过去，从以前到现在就一直如此，羽岛会因为喝酒和自我陶醉而兴致高昂。用他本人的话来说，酒让常识性的概念组合变得模糊，能催生出新的思路。

夏目看着上方的樱花，尽管风依然刺骨，不过空气中已经能够感受到春天的气息。淡粉色的樱花与夜空形成完美的对比，这幅美景怎么看也不会令人厌倦。

自己还能迎接多少回樱花盛开的春天呢？他还有四十多年才到平均寿命，也就是说还有四十多回。他的心情有些矛盾，既觉得足够了，又觉得这么快就要死去有些凄凉。

他知道自己总有一天会死，不过用樱花来衡量时，才第一次如此鲜明地感到生命是有限的。发了一会儿呆后，夏目兀自对着樱花敬酒，然后一口喝干。

"说到底，那人到底为什么要这样做呢？"羽岛的声音突然变得清晰，"既然他能够提供治愈晚期肺癌的发达医疗手段，明明可以不用偷偷摸摸地治疗，光明正大地治疗就好了啊。他的方法传播到全世界之后，晚期肺癌将不再是疑难杂症，大家都会感激他的啊……"

没错。夏目想。如果有这样的方法，光明正大地治疗就好，全世

148

界都会感谢他的。

等他回过神来才发现，所有人都没有说话，大家都在听羽岛说话，想知道他后面要说些什么。

但是羽岛却沉默了。

"喂，然后呢？"夏目半开玩笑地对羽岛说道。

"什么啊，"原本低着头的羽岛抬起头来说道，"你这不是在听我说话吗？"

"背景音乐突然断了的话，谁都会注意到吧。没出故障吧？"

"确实有些没道理啊，开发出有效治疗方法的人会偷偷治疗病人什么的。"

"我知道没道理，不过会因为这种问题就不知道该怎么说了，看来你也老了啊。"

"就算你这么说，"羽岛看到夏目的杯子空了，拿过装着酒的塑料瓶给他倒满，"如果无法推断出偷偷治疗的动机，这个假说就不成立。"

"你继续你的胡言乱语，让我开心开心。"夏目插了一句。

"你别这样说，大家一起想嘛，当成下酒菜很不错吧。"

夏目揉了揉额头："好不容易开发出划时代的治疗方法，医生是不会藏着掖着的吧。要是有专利方面的麻烦，办手续就好，不会偷偷摸摸地治疗的。"

"拯救。"水岛低声嘟囔着，她的声音在喧嚣的上野公园里实在太小，但是却神奇地在夏目脑海中放大了。

"拯救……"羽岛重复着她的话，再次陷入沉默，然后仿佛突然想到了什么一样睁大眼睛看着水岛。

水岛继续说道："假设有人发现了治疗晚期肺癌的有效化学疗法。如果他把这种治疗方法公之于世，因晚期肺癌而死的人数将大幅减少，很多人会得救。"

"那就这样做啊，这才是拯救吧。"森川说道。

"但是，如果全世界都知道了有这么有效的治疗方法，像小暮女士这样的人会怎么样呢？夏目医生还会为她开出剩余寿命只剩半年的诊断书吗？"

夏目马上回答："不会，剩余寿命是基于标准治疗方法的判断。如果能够普及高概率根治晚期肺癌的治疗方法，小暮女士这种情况就不能说只剩半年时间了。"

水岛点了点头："因为治愈的可能性高，医生不会下只剩半年寿命的诊断，就不能凭借重病克服支援制度特别合约得到寿险的保额。虽然病治愈了，但是生活依然艰苦。除了小暮女士之外，其他三个人也都有经济上的困难。"

羽岛点了点头："这次的寿险拯救了他们。原来如此。为了让困窘的人们得到寿险获得拯救，谜一样的人物没有公开奇迹般的治疗方法，这样就说得通了。琉璃子，你真聪明。"

水岛有些不好意思地摇了摇头。

"等一下。"夏目举起手提出了异议，"你真的能接受？再说了，就算真有效果那么好的治疗方法，开发出那种方法的人应该也是医生吧？"

"嗯，我想是医生的可能性很高，不过也不一定。"

夏目无法接受。

"开发出了有效的治疗方法，却为了帮助穷困的人而不公之于众，医生会做这样的事吗？"

"医生中有各种各样的人嘛，这点你也明白吧。"

夏目摇了摇头："不，我不认为那样的人是医生。在经济上拯救穷困的人本来就不是医生的工作。既然是医生，发现了有效的治疗方法就应该公开，拯救更多的人。而且那样不算欺诈事件吗？"

"能算欺诈事件吗？"羽岛问森川。

"嗯。"森川抱起胳膊，"我不知道，也许不算吧，不过也可能会被问罪。"

"不管怎么说，这种行为绝对是错误的。"夏目义愤填膺地说道。

"好了好了。"羽岛安慰夏目，"这毕竟只是一种假设。"

"要怎么样验证呢？无法验证的假设都不算假设。"

羽岛点了点头说道："你说得对，我想过各种验证方法，首先最重要的是证明执行拯救的人究竟是否存在。森川，你去小暮女士家的时候有没有发现存在这种人的蛛丝马迹？"

森川摇了摇头说道："没有，刚才我就说了，没有可疑的地方。如果我发现了一丁点她在接受日本癌症中心研究所之外的治疗的痕迹，我一定会告诉你们。"

"小暮女士是带着哪家医院的介绍来找你的？"

"是哪一家来着？好像是千叶那边的医院。"夏目用拳头敲了敲头，然后回答了羽岛的问题。

"嗯，"森川翻开笔记本，"是盐滨综合医院吧，在市川。"

"啊，对，就是这个名字。"夏目点了点头。

羽岛又问："她去那里看病时，有什么主诉吗？"

森川见纱希听到主诉这个词的时候皱起了眉头，便在她耳边解释主诉就是自己感觉到的症状。

夏目摇了摇头说道："没有，是因为体检时拍了胸部 X 光片，医生说肺部有阴影，她才去了盐滨综合医院的。"

"关于这件事，"水岛摆弄着手机举起手，"她一开始去的并不是盐滨综合医院，她说本来想在湾岸医疗中心治疗的。"说完，水岛把手机展示给了所有人。

"湾岸医疗中心？我记得最近看过一个从那边过来的患者，是谁来着？"夏目疑惑地取出手机，开始搜索湾岸医疗中心。

羽岛也看着自己的手机说道："至少在癌症领域，我没听说过这家医院，在学会上也没听说过，不过我也觉得好像在哪里见过这个名字。嗯，可能是因为这种名字很常见吧。"

水岛问出了自己的疑惑："很奇怪。我们公司的保险代理人说那家医院在癌症检测和治疗上成效很好，不少政治家和有钱人都在那里看病啊。"

森川点了点头："他们确实说过。"

"不管那家医院有没有名气，小暮女士为什么先去了湾岸医疗中心呢？”

“好像是以前治疗过敏的时候去过。她因为在意体检结果，想在那里做一个精密检查，结果医院说看癌症的人太多，去其他医院会更快。”

听了森川的回答，羽岛带着无法信服的表情说道：“因为忙而不接受病人，这也太冷淡了吧，只是拍个 CT 的话很快就能做好，然后给癌症中心写封介绍信也可以啊。”

介绍信这个词拨动了夏目脑海中的某一根神经。刚才没想出来的那位来自湾岸医疗中心的患者应该也有介绍信方面的问题。

就在这时，夏目脑海中清晰地浮现出那名患者的样子，同时想起了所有事情。

“我想起来了。最近我有一位患者发现了非常小的肺腺癌，在那家医院做了手术后出现多处转移。湾岸医疗中心没有给他开介绍信，他就是所谓逛医院的，是个有些奇怪的患者。”

森川连忙问夏目：“什么叫奇怪的患者？”

“感觉做的工作不太正派。虽然人看上去没有威胁，不过在我们医院接受了几个疗程的治疗后效果不太好，就中断了治疗，说果然还是要回湾岸医疗中心，之后就再也没联系了。”

“他觉得湾岸医疗中心的治疗比我们的夏目医生更可靠啊。”羽岛笑着说道。

“我可是连遗传因子检查都做了，制定了完善的治疗方案。很遗憾，竭尽全力后化疗依然不奏效的情况并不少见。”

"原来如此。"羽岛没在意夏目的反驳，满意地点了点头，"既然那里集中了很多有权有势的人，可见确实有些优异的治疗成效。尽管如此，湾岸医疗中心在业界依然寂寂无闻。这不是和刚才的假设完全相符吗？开发出有效的治疗方法却将其隐藏起来的拯救者。"

夏目问羽岛："你要怎么验证你的假设呢？"

"森川他们公司也做癌症保险吧？可以查到癌症保险的资料吗？"

"虽然负责人不同，不过我给癌症保险的负责人打个电话应该没问题。因为像小暮女士一样同时加入寿险和癌症保险的人很多，所以我们平时就有联系。"

"能不能让他帮忙查查和湾岸医疗中心相关的癌症保险支付记录？"

"我问问负责人。"森川应承下来。

羽岛继续用唱歌一样的语气说道："湾岸医疗中心为上层阶级提供高人气、成效好的癌症诊断体检，治疗成效也不错对吧？另一方面，医院在学会等地方寂寂无闻。传言究竟是不是真的，从癌症保险的支付记录中应该能看出些东西。"

纱希疑惑地问："具体要怎么看呢？"

"首先，医院主页显示那里在进行最先进的癌症诊断体检，所以可以猜测患者发现癌症时属于早期。如果患者在发现早期癌症时申请保险金，应该会在大日本生命保险公司留下记录。"

"原来如此，只要调查癌症保险的记录，就能知道湾岸医疗中心的体检有多厉害了对吧？"纱希点了点头。

"另外，如果成功在早期发现癌症，就有望通过手术根治。"

"根治？"纱希皱起眉头。

"就是打从根部治愈，也就是彻底治愈。因为发现早期肿瘤后切除就不容易发生转移，所以有望根治。如果成功根治，此后因住院和看病申请保险金的频率就会比其他医院低。当然，因为癌症丢了性命，申请寿险的死亡保险金的频率也应该比其他医院低。"

纱希又点了点头。

羽岛问森川："湾岸医疗中心采取的独特治疗法算不算在健康保险适用的自由治疗中？大日本生命保险公司有覆盖自由治疗的保险吧？"

森川点了点头："有。虽然投保的人不多，不过收入高的人会选。"

"既然如此，可以期待去湾岸医疗中心参加体检的上层阶级中有不少人投保吧。只要调查支付申请的履历就能看出独特治疗法的治疗成效了。"

"嗯，"纱希抱着胳膊说道，"总结一下，湾岸医疗中心的癌症体检如果真的很厉害，就能在早期发现癌症，不容易发生转移，在申请了癌症保险的保险金后，支付死亡保险金的概率就会较低。而只要调查买了覆盖自由治疗的癌症保险的参保者后续申请寿险的情况，就能看出那里的治疗方法究竟效果如何。是这样吧？"

"就是这样。"羽岛点了点头问道，"森川，结果什么时候能出来？"

"下周，寿险和癌症保险的调查结果应该都能出来。"

"我很期待。"羽岛合掌说道，"既然下周末之前能出结果，我们就定在下周六一边喝酒一边开报告会吧，大家都有时间吗？"

所有人都点了点头。

"这不能算工作哦。"森川提醒水岛。

"没关系，不过大家怎么一直在喝酒啊。"

纱希笑了："我们从以前开始，见面时就只会喝酒，要是不喝酒的话反而会有点紧张。琉璃子也要来的话，我们在 Facebook 上加个好友吧，方便联系。你和森川加过好友吗？"

"嗯，加了，不过我和科长一样什么都不会往上写。"

熟练地操作手机的羽岛说道："啊，是这个吧，我已经提交了好友申请。"

"谢谢，我已经通过了，头像很可爱啊。"

"谢谢，那是我家的猫。"

"头像里的猫也很可爱，不过背景这幅画是什么？"

"啊，你说的是那个啊。是保罗·克利的《亚热带风景》。你不知道吗？"

水岛摇了摇头："抱歉，我不了解画。"

"羽岛的研究室里也有这幅画，这么可爱的画完全不像羽岛的风格。"

羽岛嗤笑了一声："对了，我还要请我们完全没有艺术造诣的夏目医生帮个忙。小暮女士参加临床试验时的血清样本还保存着吧？"

"在啊，因为临床试验要求保存。"夏目有一种不好的预感。

"偷偷拿出来一点儿呗。"

夏目当即摇了摇头："我不知道你在想什么，不过不行。将样品用于实验目的之外违反医学伦理规定。"

"伦理规定？你对临床试验规定的理解可算不上深刻啊。"

夏目哼了一声："我可不想被没做过临床试验的人这样说。将样品用于实验目的之外就是违反医学伦理规定。"

"哎呀，"羽岛用食指扶了扶金边眼镜，"临床试验中多余的样本总可以用在校正机器或者精度检查上吧。"

"校正？精度检查？这些确实可以，不过使用时必须混合多个样本，或者匿名使用，采取不能锁定明确个人的方法。"

"我在研究所的朋友说有几台精密检测机器想要进行精度检查，你把小暮女士的样本混在匿名样本中给我就行了。"

"喂喂喂，这样称不上匿名吧，而且你说有人想做精度检查是骗我的吧？"夏目无奈地问。

"这个问题我不能回答，你还是不要问的好。"

"怎么会有这么奇怪的事。我姑且问一句，要用来检测什么机器的精度？"

"MS。"

"要用 MS 做什么？"

"什么是 MS ？能不能用最简单的话解释一下"纱希问。

夏目回答："Mass Spectrometry，就是质谱分析仪，你可以当成是用来分析样本中每种物质含量的机器。"

"要用来测什么呢？"

羽岛露出调皮捣蛋的笑容说道："我想看看保存的血清中有没有包含什么有趣的东西。"

"有趣的东西？"

"嗯。如果湾岸医疗中心在偷偷实施奇迹般的治疗方法，那么参加了临床试验的小暮女士的血清中说不定能发现夏目没用过的药剂。"

"我没用过的药剂？"夏目皱起眉头，"我给小暮女士用的，不，是可能用过的临床试验药物可是现阶段效果最好的药物了。就算湾岸医疗中心在偷偷给她用抗癌剂，他们能选择的种类也有限啊。"

"按照常识来说确实如此，不过他们也许用了尚未通过临床试验的新药。"

"那些人要怎样才能拿到这样的药物呢？"

"怎样拿到这种事在确定真的用过之后再考虑就好，现在想也没用。"

"但是……"夏目抱着胳膊。虽说没有明确违反伦理规定，但是这种做法已经是相当接近黑色的灰色地带了。

"夏目，你也担心自己成了骗保的帮凶吧。"

"这倒是。"

"我又不是为了一己私欲，这说不定是千载难逢的匡扶正义的机会，不是吗？你想放过作弊的人吗？"

匡扶正义吗？现在还不知道究竟有没有作弊行为，不过不断发生不寻常的事情确实让人在意。但是，如果发现了作弊行为，小暮母女会怎么样呢？自己会不会夺走她们辛苦了这么久才得到的安宁呢？如果小暮麻里直接参与了作弊行为，确实是没办法的事。但是她们也许对此一无所知，只是被卷入其中而已。

夏目犹豫了。拒绝提供样本很简单，在道义上也站得住脚。但是就像羽岛说的，这样做可能会放过作弊的人。他会去确认凭借重病克服支援制度特别合约拿到保险金的患者的生存情况，都是因为有森川这个朋友。

这只是单纯的巧合。如果不是因为他和森川早就认识，恐怕他们都不会为诊断证明上没有可疑之处的事情花费这么多的时间。眼前这个戴着金边眼镜嘿嘿傻笑的人喜欢麻烦事的性格也是他们关心这件事的重要因素。如果不是这些巧合恰好重叠在一起，作弊行为恐怕确实很难被发现。

夏目点了点头："我明白了，我会给你提供样本。不过我有条件，你肯定要拜托研究所的人检测，你要保证绝对不告诉那人这是谁的样本。另外，结果出来后只能告诉我。"

"连我都不告诉吗？"森川有些意外。

"啊，抱歉，我不能保证会告诉你。这和小暮女士签订保险合同后同意提供的信息不同，支付保额后合同就结束了，而且这不是正规的检查。"

"嗯，你说得也没错……"森川勉强点了点头。

"我很期待。"羽岛双手合掌，"结果出来我会马上告诉你，你就等着吧。"

"希望什么也没有。"夏目摇了摇头。

羽岛好奇地问道:"对了,湾岸医疗中心的理事长是谁?"

水岛拿起手机查找:"负责经营的是叫葛诚会的医疗法人……应该是这个人吧。"她把手机递给了羽岛。

"这真是没想到。"羽岛说着,把手机屏幕转向夏目。

"嗯?"夏目看见屏幕后不由得叫出了声。

"西条老师!"

首页上的老师对着镜头微笑,和十年前几乎没有区别。老师刚刚辞去东都大学的职务时,夏目会努力收集老师的消息,想知道他在什么地方做着什么事情。但是以他的人脉也完全探听不到消息。这几年,他已经放弃寻找老师的消息了……湾岸医疗中心的主页有葛诚会医疗法人的主页链接,从履历上可以看出是最近才创立的。

说起来,老师就是浦安人。

森川对不了解情况的水岛解释:"西条老师是夏目读研究生时的恩师。他当时突然从大学辞职,从那以后就杳无音信了。"

"从这张照片上来看,老师完全没有变化啊。"夏目眯着眼睛说道,"虽然他说不再做医生了,这不还是在做吗?虽说理事长也许不会再去医疗现场了……"

"也许他从大学辞职时想做的事情没能实现,于是就放弃了。"羽岛说着,表情有些凄凉。

"他想做什么?"水岛问羽岛。

"不知道。"

"不知道？"

"嗯。夏目，是什么来着？西条老师留下的那段谜一样的话。"

"医生做不到，又只能由医生来做，而任何医生都无法完成的事情。"

夏目觉得自己一辈子都忘不了这句话。

"不出名的私人医院理事长，和这段谜一样的话差距很大啊。也许就像羽岛说的那样，老师没能实现自己想做的事？"纱希的表情有些惊讶。

夏目又看了看屏幕上微笑着的老师的照片。温和的微笑和以前一样，不过目光似乎比以前更加犀利了，不像是放弃过什么东西的人。

"是这样吗？"夏目喃喃自语。

他不知道老师从大学辞职后做了什么，想要实现什么事情。但是老师留下的谜一样的话和其中隐藏的计划难道不是正在一步步实现吗？

关于这件事，夏目觉得自己几乎能给出肯定的回答。

11. 2017年4月7日（周五）　　日本癌症中心研究所

夏目敲了敲门，里面没有人回应。他等了一会之后转动把手轻轻打开门，羽岛不在屋里。

距离上次赏花已经过去了一周的时间。赏花后的周一，羽岛打来电话，说是要来住院楼取小暮麻里的血清样本，于是夏目急急忙忙地从库房里取出样本送去了研究所。单单是这一件事情，就已经让他觉得私下里进行这样的测定多少让他感到有些内疚。虽说这是为了探究神秘的癌症完全治愈的秘密，不过他依然不想让同事知道自己在和羽岛一起做着一些可疑的事情。

今天早上一上班，他收到了一封昨天很晚的时候发来的邮件，是羽岛发来的。羽岛在邮件上说下午一点会来医务室告诉他分析结果，而他回复说自己会过去……

夏目心想，难道羽岛已经去医务室了？就在这个不安的想法刚刚闪过时，羽岛从与隔壁房间相连的大敞着的门里探出头来。

"辛苦了，等了很久吗？"

"刚刚到。我敲过门了，见没人答应，就自己进来了。"

"坐吧。"羽岛说完，从办公桌旁边拉出了待客用的椅子，自己也坐下了。

"事情怎么样了？"夏目一边落座一边问道，"发个邮件给我就行了嘛，干吗还要专程赶来和我见面，是不是分析结果很有趣？"

"不是。"羽岛摇了摇头，打开上锁的抽屉取出一摞资料摆放在桌上，"你就不用看每一份资料了，资料本身并没有什么特别之处，都是些不值得关注的结果。啊，当然检测出了临床试验中小暮女士用到的抗癌药。嗯，应该是这个。"他说完后抽出了一张资料放在夏目面前。

资料上记载着的是使用了标准抗癌剂的数据，在临床试验中用以跟新药进行对比。

羽岛露出略带讽刺的笑容悻悻地说道："没想到小暮女士用的不是新药。"

"是啊。不过，小暮女士的用药已经结束了，就算现在知道了她的用药品种，对实验结果也没有任何影响，这一点倒是跟咱们私下调查的事情没有关系。不过，什么都没有检测出来吗……"

"如果检测出国内还没有开始进行临床试验的新型药物的话，就好玩了。"

"没有这种迹象吗？"

"嗯。当然，检测方法有限，不能证明绝对没有用过临床试验使用的抗癌剂之外的药物。"

夏目拿起桌上的资料大致浏览了一遍。羽岛用的是警察检测被毒害而死的死者体内有毒物质的方法。如果被害者死于毒药，从死亡时的尸体状态就能一定程度上推测出使用的药物，不过这次的情况是癌症彻底消失了，所以很难从患者的状态上推测出使用了哪一种抗癌剂。

活人事件，夏目想起羽岛以前说过的话。虽然会比出现死人的杀人事件要好，但是活人事件却很麻烦啊。

抗癌剂有各种类型，按照分子量可以粗略地分为低分子抗癌剂和高分子抗癌剂。

因为质谱分析仪设定的检测条件是固定的，就算是在日本还没有进入临床试验阶段的低分子抗癌剂，也可以参考论文等资料确定是否使用过。因为这次临床试验中，作为新药的对照组用到的抗癌剂就是低分子化合物，所以能够用质谱分析仪检测出来。

另一方面，高分子抗癌剂是抗体药物，是通过人工合成在人体免疫系统中起到重要作用的抗体来对抗癌症的药物，相对较新。

羽岛拜托研究所的同事使用简称为 ELISA 的酶联免疫吸附测定法[1]，做了检测特定目标是否使用抗体药物的实验，结果确实没有发现有过使用抗体药物的迹象。

夏目把资料放回桌上："就我个人来说，小暮女士的癌症治愈没有掺杂作弊行为让我松了一口气。"

羽岛疑惑地说道："我实在无法相信四个人都是碰巧痊愈的。你曾经开具过剩余寿命诊断证明之后，在其他地方完全治愈的另外三位患者，咱们能不能拿到他们的血清样本呢？"

"这恐怕办不到。"夏目当即做出了回答。

"那倒也是。"羽岛抱着胳膊说道，"有没有可能用的不是抗癌剂，而是偷偷做了放射治疗呢？"

"如果是早期肺癌，日本国立放射线医学综合研究所（简称NIRS）开发出的重离子治疗可以取得和手术治疗不相上下的根治率，但是肺腺癌扩散到小暮女士那种程度，本来就无法开展放射治疗。而且放射治疗需要大规模的设备，湾岸医疗中心不可能偷偷配备，也不存在其他能够高效率治疗晚期肺腺癌的放疗方法。"

---

1 是指利用抗体分子能与抗原分子特异性结合的特点，将游离的杂蛋白和结合于固相载体的目的蛋白结合，并利用特殊的标记物对其定性或定量分析的一种检测方法。——译者注

羽岛扶着额头说道："那就麻烦了。你带来了小暮女士临床试验的数据吗？"

"嗯。"

夏目点了点头，从公文包中取出打印好的资料。这种事情本来是违反规则的，但是他已经上了这条贼船。

羽岛先将资料全部浏览了一遍，然后又回到开头认真阅读，像是在用眼睛扫描一样。

"我最在意的还是肿瘤溶解综合征。"羽岛抬起头来说道，"检查的数据显示出她患有高尿酸血症和高钙血症。如果不是你处理得当，结果说不定就不妙了。"

"不，虽然转移灶很多，但是这种程度的肿瘤大小在临床上不会出现太严重的症状。就算真出了什么事，我从西条老师那里也学到了扎实的肿瘤溶解综合征的处理方法，我有自信加以妥善处理。"

羽岛露出一个讽刺的笑容："西条老师啊。"

夏目摇了摇头："湾岸医疗中心确实有不少神秘之处，但我不觉得西条老师参与了可疑的事情。"虽然他嘴上这样说，不过在赏花时得知西条老师就是湾岸医疗中心的理事长之后，他并非完全没有不安的感觉。

夏目竭尽全力调查了西条老师和湾岸医疗中心的活动，却只得到了几处可疑的碎片化信息。至少湾岸医疗中心似乎并不打算将自己的研究成果公之于众。

他干脆给老师打了电话，但老师不在，虽然他拜托秘书让老师给他回话，但是对方并没有打来电话。夏目认识的西条老师无论多忙，只要是学生打来的电话，当天一定会给出答复。

难道老师已经变了吗？

羽岛说道："其他值得注意的点也就是临床试验前较高的血压在实验开始后就下降了。"

"这种变化没什么值得注意的，小暮女士提供的过往病史中也没有高血压。"

"你觉得完全治愈是罕见的巧合吗？你能接受这种解释吗？"

"只能接受了吧。"夏目嗤笑了一声，"当时是因为喝醉了，才会讨论什么拯救者假设，其实拯救者假设才更难让人接受吧。湾岸医疗中心究竟有没有在癌症治疗领域悄悄做出成绩，等森川调查过保险记录后就知道了，现在还不知道除了小暮女士之外的三名患者和湾岸医疗中心究竟有没有关系呢，至少我不知道其他三个人和湾岸医疗中心的关系。"

"嗯，我也是后来才注意到的，已经让森川在查了，明天在我家喝酒的时候他会告诉我们结果。要是小暮女士有湾岸医疗中心直接写给日本癌症中心研究所的介绍信就好了，但是那边是以医院太忙为借口给她介绍了盐滨综合医院，感觉是医疗中心在主动隐藏与小暮女士的关系啊。"

"现在还不知道究竟有没有关系，就算查出来有关系，如果查不到湾岸医疗中心做了什么的话也没用吧。"

"如果只是痊愈的话还能当成巧合，但是投保后不久就拿到了剩余寿命诊断证明，还完全治愈了，而且四个人还都是你的患者。"

"就是因为我也觉得不可思议，才同意提供小暮女士的样本的。但是这样也查不出来就没办法了。"

"网页上写的是，湾岸医疗中心的独特疗法是以免疫疗法为基础的吧？"

"嗯，不过就算读了内容也不知道是什么样的疗法，大概是结合免疫活性化和淋巴细胞培养。虽然到处都在用独特这个词，不过从大致内容来看完全感觉不到独特在哪里，我现在还无法相信这家医院的理事长是西条老师。"

"因为你一直都将这种可疑的疗法视为眼中钉嘛。"

"当然了，因为我认识不少被这种骗人的疗法搞得寿命缩短，或者被骗走很多钱的患者。"

"嗯，我也觉得这种效果可疑的治疗有问题，不过啊……"

"怎么了。"

"对于只能选择延长性命的癌症晚期患者来说，还是需要希望和拯救的，不是吗？"

"拯救？"夏目皱起眉头。

"是啊，比如神社之类的地方售卖的以祈求疾病痊愈的御守，你怎么看？我绝不认为御守这种不科学的东西对治愈癌症会有效。不过就算是你，也不会跟这种以正常价格出售的御守较真吧？"

"不会，因为这关系到人们的心情。"

"就是这样，这是心情的问题。尊重患者知情权和选择权，我想这项现代医疗的基本方针并没有错。"羽岛吸了一口气之后继续说道，"不过我们是不是对这项方针接受得太缺乏批判性了？以前医生常常会对病人说'没关系，一定会好起来的'，现在这种正向激励的话语几乎快成为'濒危物种'了。在应该向患者传达正确的信息这一社会共识下，这是必然会产生的问题。医生并没有错，但是患者却会因此而感到不安。以前，医生一句'一定没事的'就能消除很多人的不安情绪，也许只是安慰，却至关重要。毕竟如果听不到医务人员的安慰话，患者就无法安心治疗疾病，你不觉得一定要有这种安慰话的代替品吗？"

夏目听到羽岛的话，想起了潘多拉魔盒的故事。普罗米修斯为人类盗取天火，惹怒了希腊神话中的主神宙斯，诸神命令主神宙斯创造出一个为人类带来灾祸的女性，于是美丽的潘多拉从泥土中诞生了。诸神将一个盒子交给潘多拉，嘱咐她绝对不能打开，然后让她带着盒子来到了人间。普罗米修斯告诫弟弟埃庇米修斯不要接受宙斯的礼物，但是埃庇米修斯没有听取哥哥的意见，与潘多拉结为夫妇。终于，潘多拉在好奇心的趋势下打开了那个盒子，于是，疾病、犯罪、悲伤等各种灾厄从盒子中飞出。潘多拉急忙关上了盒子，只剩下"Elpis"还留在盒子中。

"你觉得潘多拉的盒子中留下的 Elpis 是什么？"夏目问羽岛。他觉得羽岛比他读书读得多得多，应该会有自己的一番见解。

羽岛微微收了收下巴，笑着说道："应该是希望或者先兆中的一个吧？"

夏目点了点头说道："虽然也有其他解释，不过大致就是这样了。"关于潘多拉的盒子里剩下的 Elpis，人们给出了各种解释，不过最有力的解释就是希望或者看透未来的力量这两种。将 Elpis 理解为看透未来的力量时，意思是人们因为看不到未来而避免了绝望，却不得不做出各种无用的努力。

羽岛思考了一会之后说道："我不觉得希望和先兆是相互排斥的。正因为看不到未来，人们才能怀有希望嘛。"

夏目缓缓摇了摇头道："最近，通过检查肿瘤细胞的遗传因子，已经可以看到预后效果和抗癌剂是否容易起效了，和以前相比，能更准确地预测癌症患者的未来。也许医学检测的进步和患者的知情权正在将 Elpis 从潘多拉的盒子中解放出来。"

"我们不该害怕这件事。"羽岛明确了这个前提后继续说道，"因为正确的诊断有可能让患者的未来走向更好的方向。只是，我们必须同时考虑到希望才对吧？"

夏目点了点头道："这个话题很难得出结论啊。"

"不需要结论，重要的是不断怀疑，不断思考。医疗的世界日新月异，昨天的常识到了今天就不再适用，这种事并不少见。我明白你的意思，不过我觉得退后一步，站在患者的角度考虑他们的行为也很重要。"

"我明白你想说什么，我也不想看到社会上泛滥的可疑疗法和健康食品从患者手中抢钱。刚才你说的御守是信仰的问题，不在科学的讨论范围之内。但是医院采取的治疗方法就可以科学地探讨其有效性了。"

"是啊。不过你觉得现在有多少人会期待御守能让癌症得以治愈？当患者听到自己只能选择延长寿命之后，如果眼前出现一位医生，告诉他们有可能得救，应该会给不少人带来希望的吧。"

"如果真的能治愈就完全没问题，如果治疗方法没有效果的话就有问题了。不能看着有人被可疑的治疗方法欺骗啊。"

"是吗？就算没有效果也没什么关系吧？"

"你在说什么啊？如果没有效果，支付昂贵的医药费不就没有意义了吗？"

"有不少患者和他们的家属到最后一刻都不愿意放弃哦。就算延长性命是最正确的处理方式，我也能够理解只要有一丝治愈的可能性，他们也想赌一把的心情。"

"我理解这种心情，但是结果他们还是被骗了啊，不能放任不管吧？"

"话说回来，掏钱接受那些在我们看来是可疑治疗方法的人，真的是被骗了吗？"

"如果不是被骗又是什么？"

"我认识一个人，明明知道没有效果，依然想要选择使用抗癌剂延长性命之外的方法，于是不停地喝着某种蘑菇的高价提取物。很遗憾，他最后还是去世了，不过我觉得他那样的人不能说是被骗了。"

"太多人把延长性命想得太消极了。"

"你说得确实没错，不过如果你只是坚持这种说法，你说的那些被骗的患者也不会消失吧。"

羽岛的话也有自己的道理。

"因为人们并非只会采取合理的行动。虽然我不认可那些骗人的疗法，但也许你说得没错，如果只是一股脑儿地否定，被骗的人并不会消失。"

"就是因为有人想找到比神社的御守和高价蘑菇提取物多一些科学依据的护身符，那些缺乏医学根据的免疫疗法才应运而生。当然，包括患者是不是被欺骗在内，这是个非常敏感的问题。"

夏目点了点头。

羽岛继续说道："不过啊，如果这次事件只是单纯的可疑疗法，我们也不至于这么上心吧。我们在意的是，在癌症治疗领域寂寂无闻的湾岸医疗中心竟然有着出色的治疗成效，受到了有权有势的人们的支持，以及在夏目诊断过还剩半年寿命之后竟然完全治愈的小暮女士和湾岸医疗中心有关联。"

"现在还不知道治疗成效是不是真的非常出色。"

"明天看了森川带来的调查结果就知道了。"

"嗯，尽量期待吧。"夏目看了一眼表，然后站了起来。他必须回住院楼了。"癌症不是这么简单就能治愈的，我想那里的口碑好也许是因为对患者的服务态度好之类的吧，当然了，就算只是这样也很厉害，不过我觉得不太可能是治疗成效本身出类拔萃。"

夏目离开羽岛的房间，在回医务室的路上，口袋中的手机震了一下，是森川发来的信息。

辛苦了。湾岸医疗中心的调查结果出来了。我查到了特别有意思的事情，期待明天的见面吧。

羽岛家客厅的对讲机响了，显示屏上出现的是森川和水岛。夏目知道厨房也装了对讲机，所以没有接起来。很快，他就看到画面中的两人走进了大门。

玄关处拉门打开的声音传来，森川说了一句晚上好。他来过羽岛家好多次了，所以对这里很熟悉，不需要出去接他。

门开了，森川和水岛走了进来。

"晚上好。嗯？羽岛呢？"

纱希放松地坐在沙发上回答道："晚上好，他在厨房里做吃的呢。"

"这房子真不错。"水岛看着客厅说道。

森川自己已经习惯了，不过第一次来的水岛会惊讶并不奇怪。客厅的面积有六十多平方米，还装有壁炉。羽岛的父亲是数学家，开发出了先进的股票交易程序，靠这个系统进行股票交易和收版权费发了财。

森川说道："一个人住在这么大的豪宅里太浪费了，所以你赶紧娶个老婆吧。虽然你是个怪人，不过从上学的时候起就很受欢迎。就算是和羽岛没有交集，你们癌症研究中心难道就没有好姑娘吗？"

"因为他是个怪人，虽然认识他这么久了，不过，确实没听到过他的八卦。"

"上学的时候不是有人说见过羽岛和女生约会吗？不过问他本人的时候他什么都不说。"纱希说道。

"啊，对了，他有一个像都市传说一样的故事。他大多数情况下都能顺利进行到约会的阶段，但是之后就无法继续了。有一段时间他特别颓废，在大学里总是请假，差点没拿到实习的学分。"

"要是找到不错的人就好了。"

"这要看羽岛的心情吧。虽然男的都容易讨厌他，不过他对女性很绅士，现在还有很多粉丝呢。对了森川，你从保险记录中发现什么有趣的东西了？"

森川紧紧抿着嘴唇，迟疑着说道："结果有点不好解释……"

"不好解释？是说结果很微妙吗？"

"不，有很明显的倾向，但是我没有信心能够正确解释，所以想找你和羽岛商量。"

"别卖关子了，快说吧。"纱希不满地说道。

"等羽岛来了我就说，我们不是说好要等大家到齐了再说嘛。"

"说出结果之前大家先填饱肚子吧。"羽岛从房间里走进客厅，说道，"大脑是会大量消耗卡路里的器官，酒精会软化我们僵硬的思想，里面的餐厅已经准备好食物了。"

餐厅比客厅小，不过也有十六平方米。制作精良的餐桌中间摆着一盘小而密的船型刺身拼盘，旁边摆着各种小菜。

"还是这么丰盛。"纱希睁大了眼睛说道，"这个刺身船也是你亲手制作的吗？"

"怎么可能。"羽岛摆了摆手，"我在附近的活鱼店订的，不过其他东西几乎都是我自己做的。这个用白味噌做的红烧猪肉是我第一次挑战，做得相当成功吧。因为森川说要给我们讲有趣的东西，所以我也努力了一把。"

他给所有人递上了酒。

"先干一杯。"羽岛说着举起了玻璃杯。

夏目把盛满日本酒的方玻璃杯放到嘴边，恰到好处的酸味和甜味充斥着整个口腔。

"不错，和刺身很搭。"

"红烧猪肉也很好吃。"水岛眼中放着光。

"那就好，我仔细去掉了油脂，还很注意不要煮过头，免得肉太柴，口感不好。"

羽岛笑着说道。

享受了一番美酒佳肴，羽岛进入正题。

"那么，现在大家的头脑已经变得灵活了，今天的主菜是森川要说的事情，我已经听说结果相当有趣了。"

森川点头，从包里取出资料发给大家。

"虽然数据是匿名的，不过我并没拿到公司的许可，说完后，这些资料我还要收回来。"

大家都沉默地点了点头。

"包含湾岸医疗中心的保险记录相当多，只是提取医院名称看不出什么东西，所以我把湾岸医疗中心和其他医院对比后做了彻底的分析，找了找其中的特殊倾向。因为实际工作大多是水岛做的，所以由她来向大家说明。"森川说完后冲水岛递了个眼神。

"首先，请大家看第一张表格……"

"这可不得了！"羽岛发出一声感叹，"在湾岸医疗中心看过病的有钱人就算查出了癌症早期，也很容易转移啊。"

"嗯。"因为羽岛插话插得太快，水岛有些为难地点了点头。

"等一下啊。羽岛，你不要这么快就一副了然于胸的样子啊，麻烦你用我也能明白的大白话好好解释一下。"纱希发出抗议道。

水岛点了点头，接着说道："这是附上了湾岸医疗中心诊断证明的保险申请表，以百万日元为单位对年收入进行了划分，每个年收入区间中，0期到1期的癌症早期患者的术后复发率用柱状图表示。作为比较，我在下面做了在湾岸医疗中心之外的医院治疗的投保人提出申请的图表。"

所有人都点了点头。水岛继续说道："年收入在七百万日元以下时，湾岸医疗中心的复发率和其他医院几乎相同，都在百分之二十左右。年收入超过七百万之后，复发率会随着年收入而增加。实际上，在年收入超过两千万的患者中，有一半投保人的初期癌症复发了。其他医院复发率的平均值中看不到年收入与复发率之间的古怪关系。"

"真是不得了的庸医啊。"

"为什么之前一直没发现呢？"纱希问森川。

"因为湾岸医疗中心的患者提出的保险申请只占全部申请中很少的一部分。像这样按照年收入排列的话，差别十分明显。但是如果不按照年收入区分，而是将在湾岸医疗中心治疗的所有投保人的癌症复发率平均计算的话，和其他医院的区别就不明显了。因为湾岸医疗中心的高收入患者本来就多，所以申请保险金的投保人的平均年收入会比其他医院高，不过尽管如此，年收入超过两千万的富裕阶层的保险申请并不多。水岛也是在详细分析后才看到了这样的倾向。"

纱希疑惑地问道："为什么会这样呢？有钱人的癌症更容易复发？"

羽岛开心地笑了："有趣！这项数据太厉害了！"

森川说道："虽然刚才羽岛说庸医，但是湾岸医疗中心发现的肿瘤平均大小比其他医院都小。看来湾岸医疗中心癌症诊断体检项目非常出色的传言是真的。"

"难得在早期就发现了，但是，复发率这么高的话不就没意义了吗？而且，复发的人之后怎么样了？赏花的时候也说过嘛，通过覆盖自由治疗的癌症保险支付记录和之后的寿险申请记录可以窥见湾岸医疗中心独特疗法的效果。"

森川点点头，又冲水岛使了个眼色。

水岛点点头说道："关于这个问题，请看资料的第二页。"

夏目翻开资料，第二页和第一页一样画着柱状图。横轴和第一页一样按照年收入分组。

水岛开始说明："这幅图中的纵轴是癌症复发的患者申请寿险的比例。如大家所见，除富裕阶层之外，出现复发后申请寿险的比例与其他医院没有区别，但是在湾岸医疗中心，高收入者的申请率比其他医院低得多。"

纱希皱紧眉头说道："这是什么意思？"

羽岛继续说道："就是说，虽然有钱人在湾岸医疗中心发现癌症早期后的复发率异常高，但是就算复发也很少会死。"

森川带着奇怪的表情问羽岛："为什么会这样？"

羽岛露出狡黠的笑容说道："看到这份数据，森川和琉璃子不可能什么都没想。你们两个是充分讨论过之后才来的吧？能听听你们的假设吗？"

森川和水岛四目相对。森川点了点头，下定决心开口说道："首先我们考虑的是，湾岸医疗中心对实际没有发生转移的癌症早期患者提供了假的诊断结果，也就是说医院捏造诊断结果。这样一来就能伪装出优异的治疗成效，死亡率当然也会低，毕竟患者一开始就没得转移性癌症。"

羽岛点了点头附和道："确实如此，这是很简单的方法。但是他们会做这么冒险的事情吗？因为癌症患者中有不少人会不接受第一次的诊断结果，跑去别的医院寻求第二意见，或者选择逛医院。如果多次开出假的诊断结果，马上就会传出不好的传言了。"

森川点点头道："实际上有不止一个人在湾岸医疗中心发现癌症后去了其他医疗机关，全都证实了确实患有转移性癌症。"

"就是说不是捏造啊。你们觉得真的出现了有钱人的癌症容易复发这样奇怪的现象吗？"

"一般来说没办法这样想啊。"

"那你觉得为什么会出现这种情况呢？"

森川深吸一口气，连夏目也看出他不知道该怎么表达他的想法。

"我们俩也觉得这个想法荒唐……"说到这里，森川又和坐在他旁边的水岛对视了一眼，水岛轻轻点了点头，仿佛是在鼓励他。

森川也冲着水岛点了点头，下定决心继续说道。

"我们怀疑医院故意让手术失败引发癌症转移，然后用优秀的独特疗法进行治疗。"

"故意在手术中失误引起癌症转移，这种事情能够做到吗？"纱希讶异地问。

"确实难以置信，"羽岛抱起胳膊回答道，"不过，你们知道外科医生做手术时，为了不让患者体内的癌细胞扩散要多小心吗？反过来说，只要有一丝怠慢，就会轻易引起转移。通过手术切除癌细胞时留下一部分留在患者体内之后再进行缝合的话，很容易制造癌症转移的吧？"

夏目点点头说道："我不知道是不是很容易，不过我知道类似的例子。切除子宫肌瘤时，为了只留下微创伤口，会通过内视镜在体内仔细切除肿瘤后取出，手术后恶性肿瘤在腹腔内扩散的报告层出不穷。子宫肌瘤本身并非恶性肿瘤，但是其中可能包含小的恶性肿瘤，结果癌细胞在切开肌瘤时扩散了。当然，这种情况属于医疗事故。最近切开子宫肌瘤时，越来越多的医生采取了保守的做法。从理论上来说，故意让癌症扩散是非常可能的。"

"如果当真如此，就必须拿着这份数据报警了。"纱希说道。

森川摇了摇头说道："数据太少了，其他医院中也有几家存在富裕阶层的复发率高的倾向。不过因为那些医院的投保人较少，应该只是巧合。现在这种情况下，警察不会单单关注湾岸医疗中心的。你们知道吧？为保险金连续杀人的案件中，可疑状况明明那么多，很多时候警察都不会出动。我们又没有有力的证据，就算报警也会被嘲笑的。"

确实，以他们现在手中的证据，警察应该不会出动。夏目想。而且就算理论上可以实现，也很难相信医院真的会做故意引发癌症转移再进行治疗这种事。更何况湾岸医疗中心的理事长是西条老师。

水岛说道："除了患者的经济状况，我还从别的切入点分析了。下一页展示的是每个人的职业与是否转移的关联结果。"

大家一起翻过一页，上面是一张图表。

"这张表将投保人的年收入以百万为单位分组，没有出现转移的情况下，投保人的职业和职务会写在左侧，出现转移的情况下写在右侧。企业的业种写在了括号里。"

夏目迅速扫了一眼。

就算在同一收入区间，政治家、官僚、警察、自卫队员、公务员、大学教授、医生、护士等职业出现转移的情况也会更多，艺人中也有几个出现了转移。另一方面，就算收入相当高，一些没听过名字的企业老板中也有很多没有出现转移。

"你们怎么想？"水岛问大家。

"这里呈现出来的是，社会影响力大的人转移的可能性更大。"

羽岛看着数据回答道，"不过，我们没听过名字的公司老板中也有不少出现了转移吧？这个涂了阴影的是什么？"

森川回答："我让调查公司查过了，是一家可能与反社会势力有勾结的企业，也就是皮包公司。当然，投保时我们并没有发现。"

"原来如此。"羽岛撇了撇嘴说道，"有社会影响力啊。"

纱希说道："容易出现转移的人里不是还有工业废料行业、陆路运输业和海陆运输业的老板和员工吗？这是为什么？"

羽岛带着可怕的笑容说道："从这个切入口可以看到另一个侧面，容易出现转移的患者不光是有钱人。"

"刚才我们想的是医院有可能故意让有钱人出现转移，然后用独特疗法进行治疗来挣钱，不过现在看来，他们榨取的很可能不只是金钱。就算没有钱，能提供方便和信息的人也是他们的目标。"

"处理工业废料的企业能提供什么方便？非法丢弃医疗废弃物吗？"

"结合反社会势力和工业废料处理场，你想不到吗？"

"嗯？你真的这样想？杀了人之后埋起来？"纱希难以置信，声音中有些惧意。

"不，现在还不知道。"羽岛摇了摇头说道。

"是啊！这都只是想象……"

"说不定会拜托海路运输行业的人扔进大海，绑上重物，说不定还是活着扔下去。只要发现有人注意到了他们做的坏事就处理掉，这样才能保住秘密。"

"嗯?"纱希抓住夏目的胳膊轻哼了一声。

"羽岛,差不多得了,别看纱希这样,其实胆子很小的。"

"我看起来什么样?"纱希在一旁轻声说道。

夏目故意没有看她,而是继续说道:"不过,我觉得不会真是这样。"

森川问夏目:"有一件事我很在意。刚才羽岛说只要做手术的人在手术中切开肿瘤放回去就有可能引起转移,但手术不会是一个人做吧?"

"确实,要从脏器中摘除肿瘤,无论是选择开腹手术、开胸手术还是内视镜手术,都很难想象会由一个人完成。光是外科医生就会有好几个人,还会有麻醉师和负责拿取器械的护士。"

水岛问道:"多人参加手术的话,医生有没有可能在不被别人发现的情况下悄悄散布肿瘤引起转移呢?"

"嗯,这个问题啊,"夏目抱起了胳膊回答道,"一般来说是很难的。就算用的是内视镜,大家也都会看到镜头中的影像。医生也许可以装作疏忽不小心让肿瘤扩散,但这种事做得多了,身边的人一定会觉得可疑吧。"

"是啊。"水岛点了点头回应道。

"你想到什么了?"纱希问水岛。

"我和科长也提过,做这种事一定会暴露的,因为这种手术正常情况下一定会为了避免引起转移而格外小心。"

"有没有可能所有人都是同伙?"

"嗯,我觉得这种可能性并非为零,不过还是很难想象。"

"为什么？"

"因为保密会变得极难。一般认为，秘密泄露的风险会按照知情人数的倍数增长。如果一个人知情时的风险按照一倍来算，两个人知情就是四倍，三个人就是九倍，十个人就是百倍。因为手术中还有除医生之外的其他员工，如果对所有人挑明的话，保密会极其困难。"

"是这样吗？不是经常有整个医院隐瞒医疗事故的事情吗？"

"嗯，不过最终还是会被揭发出来。医疗事故真相大白时，关键证据大多是内部告发。而且如果是失误，同事也许会产生想要包庇的心情，而我们想象中的事情如果真的发生了，那可是明确的犯罪行为。从事医疗行业的人如果要掩护故意威胁患者健康的行为，心理压力一定相当大。"

"原来如此，知道的人确实是越少越好。手术室中的一小部分，或者做手术的人才知道这个秘密比较好吧。不过这样一来很难偷偷做手脚吧？"

"不，方法嘛……"夏目举手想说话，不过被羽岛制止了。

"等一下，让她们继续说。"

"你注意到什么了吗？"水岛问羽岛。

"嗯，不过我想再听听你们的话，请继续。"

"好奇怪。"纱希皱着眉头说道。"那我就继续说了。要怎样才能知道手术的时候有没有故意引起转移呢？"

"因为这都是手术室内部的事，应该很难找到证据。不过如果并非所有人都是同谋，只有手术中少数几个核心人物知道这个秘密的话，说不定会有人注意到他们奇怪的举动。我想只要问问参与手术的工作人员，说不定能知道些什么。"

"这种像警察或者侦探一样的调查现在可以做到吗？"

"我们平时委托的调查公司事实上就是侦探，而且是专门针对这种医疗案件的。"

"那能不能拜托他们调查一下？"

森川说道："我已经打探过了，那家公司和我们合作很久了，值得信赖，不过对方说这种调查就算做了估计也不会有结果。根据他们长年的经验来看，医院应该不会做出这种事。"

"但是，把能做的调查都做了难道不好吗？"纱希不肯罢休。

森川摇了摇头道："调查公司认为在现在这个阶段去调查，不仅很可能什么都查不出来，而且如果湾岸医疗中心发现有人在调查的话，应该会采取措施。"

羽岛表情愉快地说道："不愧是专业人士。"

森川叹了一口气道："调查公司的负责人说这件事也许确实很大，不过他建议我最好多想想之后再行动。"

"原来如此。"纱希抱着胳膊点了点头说道。

森川交替看了看夏目和羽岛说道："刚才夏目想说什么？"

"你可以说了。"羽岛说道。

夏目点了点头接着说道："琉璃子说得没错，在手术中很难瞒过大家的眼睛搞小动作。但是还有别的方法能人为制造转移。"

"怎么做？"森川探出身子问道。

"只要用手术中提取的癌变组织培养癌细胞就行了。癌细胞可以无限增殖，只要把增殖的癌细胞送回患者体内就能人为引发转移。理论上充分可行。"

森川拍了下膝盖惊叹道："这样啊！我们太执着于思考如何故意让手术失误了，还可以培养后送回去啊。不过就算理论上可行，实际上真的能做到吗？"

"不知道是不是真的可行，毕竟没有在人身上试过。不过在动物实验中是可行的，我上研究生的时候做出了好多背着人类癌细胞的老鼠，做得都想吐了。"

"背着？"

"为了在实验中更容易看到癌细胞的生长，我们在老鼠皮下组织植入了癌细胞。癌细胞在皮肤下成长为瘤状肿块，看上去就像背着肿瘤一样。在老鼠身上如果不将人类癌细胞植入皮下组织而是进行静脉注射，癌细胞就会顺着血管实现转移，如果给人类静脉注射癌细胞的话，应该也会出现远距离转移吧。我记得有论文写过，将人类肺腺癌的癌细胞通过静脉注射注入老鼠身体之后，出现了在肺部和肝脏的癌症转移。"

"原来如此。"森川佩服地点了点头，"但是培养癌细胞这么容易吗？如果需要人手，不就又和刚才一样牵扯到保密的问题了吗？"

夏目摇着头说道："最近在给患者使用抗癌剂之前都会培养从患者体内提取出的癌细胞，事先调查抗癌剂是否有效。现在已经有了固定的流程，培养癌细胞的成功率极高。至于保密工作，只要对负责培养癌细胞的员工说这是为了测试药剂敏感度就行了，然后找个理由拿到一部分癌细胞送回患者体内就行。"

"怎么做呢？"

"总是能做到的吧，毕竟患者刚做完手术，要打各种针。我觉得伪装成治疗，给患者注射癌细胞应该不难。"

"还有这种方法啊。"森川用右手敲了敲自己的脸。

"只是在技术上可行而已。毕竟就算能人为引起转移，也很难相信医院能在之后使用独特疗法大幅降低死亡率。"

"不过他们确实让挑选出来的患者按照他们的希望出现了转移，而且一直在治疗过程中保证他们不死，保险记录清楚地显示出了这种可能性。"

"这倒是……"听了森川的话，夏目只能沉默。那家医院真的暗地里开发出了这么有效的治疗方法吗？

"可惜，"羽岛说道，"真可惜。"

"什么可惜？"

"夏目就要把答案说出口了。"羽岛说着闭上了眼睛。

"嗯？"森川发出一声怪叫，"羽岛！你看透他们的手法了吗？"

"综合现在我们手里的信息来看，我有一个假设。"

"快说，不要像平时那么装模作样。"夏目告诫他。

"我才没有装模作样。因为我不想让你们感觉不甘心，所以才给你们更多的考虑时间而已。"

"不劳你操心，反正我是弄不明白的。"纱希瞪着羽岛说道。

"我知道了。"羽岛有气无力地摇了摇头说，"不存在奇迹般的治疗方法，那种东西恐怕根本就不需要。"

12. 2017年4月8日（周六）　浦安　湾岸医疗中心

周六的夜间特别诊疗结束后，宇垣从住院楼回到了自己位于研究所五层的办公室。她在洗手池仔细洗过手后，从冰箱里拿出午休时和午餐一起买回来的两个饭团和咖啡味豆奶饮料，坐在椅子上解除了电脑的睡眠模式。

邮箱提示有新邮件，宇垣用鼠标点开后，迅速扫过二十来封新邮件的标题，有几封比较重要。时间不多了，晚上八点就要开会。

她首先打开了研究所同事发来的邮件，因为这封邮件虽然不重要，不过可以很快处理。

标题：建立培养细胞株

正文：宇垣医生

承蒙关照。

您委托的患者肿瘤细胞的肿瘤溶解综合征模型细胞株已经建立完成。我们像往常一样对患者身体中提取的肿瘤细胞进行了性状转换，经过抗生物质选择后确认能够诱导细胞死亡。各个细胞株的详细数据见附件，我们会使用您选出的细胞株制作老鼠异种移植切片，进行肿

瘤溶解综合征模型实验。

宇垣看过邮件后叹了口气。

这封邮件除了自己之外不能让别人看到。

所以西园寺没能留在大学里。宇垣脸上浮现出一抹冷笑。

西园寺良和在东京都某所国立大学担任特别助教的任期结束后并没有留在大学，而是作为合同工去了一家制药公司。他适应不了企业的氛围，于是前来参加湾岸医疗中心的社招。

这个人性格耿直，不懂得变通，比起做出成果，更重视实验的过程。他会在研究室从早上一直留到深夜，为长时间的工作而骄傲。当然，他的工作效率不高，不过他本来就不懂工作效率这种事情，总是在自我评价的工作效率一栏中给自己打满分。

他总是缺乏客观性，不擅长给别人讲解，其他人对他说过很多次他的话很难理解，但他总是会找难以理解的借口搪塞，却不去改善。大概是因为自己的姓氏很有气势，他的自尊心倒是格外高。

宇垣多次想过招揽优秀的人才，但是优秀的人才当然不愿意从事无聊的研究。

无聊的研究，宇垣从这个形容中感到了自己的黑色幽默。西园寺从事的研究不仅仅是无聊，对中心来说几乎看不到意义。

尽管如此，中心依然让西园寺进行研究，因为重要的是他的研究手段。

为了研究不择手段。

宇垣打开了研究所内部的邮件系统。只要在电脑旁边就能及时收到邮件打开确认。宇垣选出西园寺的地址后发出邮件。

——明天早上十点钟讨论邮件内容——

电脑上立刻显示邮件已读，西园寺也总是会坐在电脑前用餐。

对方很快发来回复。

——明白了，我在三楼的会议室等您——

为了欺骗他而花在讨论上的时间完全是浪费，不过很遗憾，不可能所有事都照着理想状态进行。

宇垣站起来走向住院部。晚上，在研究所里打工的人都已经回去，比白天安静了许多，不过研究室依然亮着点点灯光。宇垣满意地看到致癌系统研究部有很多研究员还在加班。

致癌系统研究部投入了巨额资金。因为研究经费充裕，所以每个研究员的工资都很高，凭借这一点可以招揽相对优秀的研究员。一名男性研究员看到了走廊上的宇垣，开心地点了点头，宇垣也通过玻璃挥手回应。

他是老师直接招来的优秀研究员，去年春天在东都大学取得博士学位后加入了研究所，从那以后发现了好几个导致大肠癌的重要遗传因子。虽然研究成果还没有发表论文，不过这项研究成果在他本人不知情的地方已经加入了拯救计划。如果他知道这项只在动物实验中验证过的成果实际上在人身上同样成立的话，不知道会露出什么样的表情。

一定不会高兴吧，就算这条路是正确的，能够让更多人获得幸福。

利用充裕的研究经费在这里取得令人满意的成果后，应该可以让他去某个大学做助教，开始在大学里任教的职业生涯吧。就算是为了这名优秀的研究员，计划也必须保密。万一计划暴露，就很可能会对他的职业生涯造成伤害。

宇垣刷卡进入住院楼，向会议室走去。她在路上看到了因肺癌住院的国会议员正在走廊上眺望浮在昏暗海面上的红色月亮，因为对方似乎没有看到她，所以她并没有打招呼。

其实他完全不用露出那么伤感的表情，只要接受湾岸医疗中心提出的几个条件，湾岸医疗中心就能让他的肿瘤缩小，不，甚至可以让肿瘤消失。

这个世界上没有比性命更重要的东西了。

恐怕他还不明白这一点，还没有真正接受自己的病吧。等到病情再严重一些，让他吃点苦头之后，就稍微治疗一下吧，大多数人会就此屈服。

越是此前一直坚持自身信念的人，一旦屈服过一次就会越脆弱。只要让他理解自己这些人所做的事最终是为了全世界，给他们泄一泄气，他们就会成为长期的优质资产。

如果他同意湾岸医疗中心的要求，国内的两家大型制药公司就能够实现合并。但是他却始终放不开以前所相信的道义和面子，迟迟不愿意点头。

只要合并完成，制药企业的国际竞争力就会增强，会与拯救计划和其他计划相辅相成，加速几种包含有效抗癌剂在内的新药的开发。

企业可以取得成功，人们也会从对疾病的恐惧中解放出来，有什么好犹豫的呢？

"看来只能让你直接面对死亡的恐惧，才能让你明白生命的可贵了。"宇垣对着已经成为一个小黑点的议员的背影兀自说道，"这位先生剩余的生命将变得更加高贵。"

宇垣走上楼梯来到会议室，刷过卡后进入了理事长室和会议室所在的机密区域。走廊已经熄灯，办公室半开的门中透出的灯光，她向着灯光走去。理事长室的门关着，老师在傍晚时分去东京都内参加聚会了，不过应该已经回来了吧。

"辛苦了。"宇垣打了声招呼走进会议室，三十多平方米的会议室中摆着一张圆桌，消化外科科长佐伯已经坐在了那里。宇垣看了一眼墙上的挂钟，刚过七点五十分。

"辛苦了，今天也有夜间诊疗吗？"佐伯微微抬了抬右手。他短短的头发里已经夹杂了很多白发，不过黝黑的脸上精气神十足，完全看不出已经年近六十岁。

"嗯。"宇垣点了点头，"今天也有几个低收入阶层的拯救病例，如果是有权有势的人我倒是更有动力。"

佐伯苦笑着说道："下次我也和理事长说说吧，这种出于个人兴趣的病人，收几个就够了。"

通过治疗有权势的人的癌症，医院会获得社会影响力和资金，为此佐伯可以不辞辛苦。但是他不明白，老师为什么要直接拯救不幸的低收入人群。有限的人员和时间不是应该投入到更大的事业中去吗？

　　遗憾的是就算佐伯向老师提出建议，老师也不会停止扮演救世主的角色。

　　"佐伯医生才厉害啊，使用大肠内视镜的水平简直出神入化。"

　　"哎呀，我的工作很轻松嘛。虽然一下子看到癌细胞还是会紧张，因为平时看到的基本上都是息肉。混入癌细胞后引发转移的危险很小，而且有息肉的患者本来就多。"

　　"简直就是宝藏啊。"

　　"嗯，不过，你那边已经开始了吧？"

　　"托您的福，进展得很顺利。"

　　"真厉害啊。"佐伯笑着说道。

　　"以前我们一直在祈祷能够发现患者身上存在较小的癌细胞。不得不做这种和普通医生相反的祈祷，真是讽刺。"

　　"一点没错。"

　　两人哈哈大笑。

　　"作为医生，这种祈祷太不人道了。"

　　两人发现的时候，老师已经带着恶作剧般的笑容站在会议室门口了，大概是悄悄靠近，然后在门后听着两人的对话吧。宇垣抬头一看，刚好八点。

　　"欢迎回来，傍晚的聚会怎么样？"佐伯医生问。

　　"对方似乎会接受我们的全部请求。"老师一边落座一边回答。

　　"那真是太好了。但是，他们背后最大的后台，也就是公会还没有发话吧。"

"是啊。但是，自从公会更换了支持的政党，他们的影响力就不大了。"老师平静地说道。

老师晚上去见了在野党的一名重要人物，为了让他支持劳动法的修改，在解雇劳动者方面扩大雇主的权利。

应届毕业生全部录用和终身雇用阻碍了日本的经济活性化，这是有识之士们在老师组织的经济复苏会议中得出的结论。

从经济方面来说，终身雇用在战后经济高速成长过程中发挥了很大的作用，但是我国的经济形势已经与那时不同了。

非正规雇用率不断增加。非正规就业的年轻人们为了抢夺终身受雇者的位置而拼命努力，但是终身受雇作为既得利益的一方绝不会轻易让出自己的位置。

非正规就业者们努力的方向是错误的。他们不该为改善自己的雇用条件而觊觎终身受雇者的位置，而应该与终身雇用制度本身战斗。

以大企业为核心，在经济繁荣时一揽子雇用各种各样的人才，最后却用不到那么多人。这些人便渐渐失去积极性，只会拼命赖在自己的位置上，这种现象就像慢性疾病一样影响着日本企业的生产效率。

单纯地指责他们无能和懒惰很容易。但是他们从小就被教育只要走上应届毕业生全部录用和终身雇用的轨道就能高枕无忧，一味批判他们未免太残酷。

日本人在成年时会站在成年人的起点，必须决定人生的方向。大部分人此时并没有得到足够的机会来探寻自己的特性，就算以后对自己的生活方式感到怀疑，也没有机会修正轨道，只能像行尸走肉一样沿着既定轨道继续工作、生活下去。他们都是不幸的人。

丹麦的人均生产效率在世界上名列前茅，与日本相比，丹麦的雇主解雇劳动者要简单得多。不过丹麦有丰厚的失业保险和技能学习支援系统。人们可以不断尝试，直到找到自己的天职。

当然，丹麦是高福利国家，人口数量与日本不同，税率也很高。日本不能简单引入丹麦的模式，不过老师认为丹麦的成功已经明确展示出了应该努力的方向。

佐伯的语气突然激动了起来："现在的日本人虽然感受到了闭塞，但是一提到改变会带来的痛苦，就只能接受提高消费税这种小事了。日本人喜欢零风险，稳定、安心比任何事情都重要，绝对无法接受放宽解雇条件。"

老师点了点头说道："如果执政党提出这样的法案，在野党一定会偷偷将其作为攻击执政党的武器吧。正因为如此才必须拉拢最大的在野党。今天的聚会能够成功也是多亏了佐伯医生。"

"谢谢您。"佐伯鞠了一躬。

老师今天去见的政治家曾经在湾岸医疗中心接受了癌症诊断体检，被佐伯发现了大肠癌的远距离转移。以现在的医疗条件，他的癌症很难治疗，不过佐伯的独特疗法让体内的癌细胞不断缩小，让他得以继续参与政治活动。

"今天的聚会上，某企业会给予他大额贿赂作为今后的活动资金，确认支付后我会告诉佐伯医生，到时候还请你让他的癌症完全治愈。"

"明白。"佐伯开心地说道。

不需要始终掌握着他人的生命。管理癌症相当费工夫，而且有时不确定的因素会让病人的病情突然发生改变。老师总是说癌症的管理要仔细，决不能疏忽大意。

宇垣想，我们这些人利用的是摸不清底细的怪物啊。虽然可以给目标带上项圈，让他们听指挥而不妄动，但是并不能改变一个事实，那就是这项圈内套住的是名叫癌症的怪物。只要找到了目标的弱点，成功给他们带上新的项圈，旧的怪物项圈就会消失。人比怪物容易控制得多，而且从鬼门关走过一遭的人会做出以前从没有过的举动。

老师和佐伯确认了其他众多患者的病情。

医疗制度改革、经济改革、从能源政策到外交和国防，为了实现理想社会，他们推动着各个领域的改革，将人们潜意识里的愿望和期待具现化。这原本是政治该承担的职责，但是要做到这一点，无论国民还是政治家的资质都称不上合格。

老师的视野开阔，行动力惊人，但是老师一个人的想法和行动毕竟有界限。老师自己是最理解这一点的。所以老师组织了咨询会，集合改革所需的各领域专家，以他们的意见作为判断材料。

老师的影响力在不断扩大。湾岸医疗中心研发出的技术似乎已经出口到了某个国家。宇垣不知道那个国家是如何利用的，不过当她听到当地的国家领导人年纪轻轻就患上癌症身亡的新闻时，隐隐觉得这件事有可能用到了湾岸医疗中心的技术。他问老师的时候，老师既没有肯定也没有否定，只是微笑地看着她。

"接下来是宇垣医生的病人。"

　　和与佐伯确认时一样，老师一一确认了宇垣负责的病人的情况。全部确认后，老师满意地点了点头道："对了，从日本癌症中心研究所拿到的体检样本都处理过了吗？"

　　"是的，样本处理已经结束。所有员工的 DNA 调整和一部分员工的细胞冻结保存也做好了。"

　　"DNA 解析进展到哪一步了？"

　　"百分之十左右。要加一些人手吗？"

　　"不，为女儿报仇只是我个人的愿望而已。夏目和羽岛的解析结束了吗？"

　　宇垣摇了摇头回答道："不，应该还没有。要插在其他工作之前优先处理吗？"

　　"不，没必要做到这种程度，DNA 解析工作只要在大家工作间隙来做就好。不过，这两人的 DNA 解析工作请放在日本癌症中心研究所其他员工之前做。"

　　按照平时的计划，所有员工的样本都会进行解析，老师认为夏目医生和羽岛医生有可能是犯人吗？

　　一个人是老师心爱的弟子，一个人是他的合作研究员和好朋友吧。包括来湾岸医疗中心的患者在内，需要解析的样本数量巨大。虽然只是两个人而已，老师为什么要特意优先解析可能性很低的两个人呢？

　　也许是宇垣的脸上表现出了疑问，老师笑着对她说道："没事儿，你就当我是在开玩笑的吧。"

　　"这样啊。"虽然嘴上这样说着，但是宇垣完全无法接受。而且，既然老师都已经说是玩笑话的了，应该不会再多说什么。

虽然暂时不用增加寻找犯人的人手，不过两人的样本解析很快就会有结果。宇垣调整了心情，心想比起随便猜测，还是等结果出来更快。

13. 同日　阿佐谷　羽岛家

"你说奇迹的疗法是没必要的？"

我们此前不都一直是在假设湾岸医疗中心秘密开发出了独特疗法的基础上进行讨论的吗？夏目眯起眼睛看着羽岛。他心不甘情不愿地提供了小暮麻里的样本也是因为必须验证羽岛提出的假设。但是，羽岛现在却随随便便地说出奇迹的疗法是没必要的。

羽岛平静地无视了夏目的视线说道："刚才你不是说了嘛，最近在使用抗癌剂前会培养患者的癌细胞，并事先检查哪一种药剂更有效。"

"嗯，这件事你不是也知道吗？"

"嗯，所以我说这就是答案。他们应该真的会在把培养癌细胞放回患者体内之前检查药剂敏感度，而不是装作检查。"

"检查后又怎么样呢？就算检查了，抗癌剂应该没有效果还是……"

"这样啊！"森川叫出了声。

夏目也情不自禁地叫了一声："啊！"

"我来说可以吗？"森川问夏目。

"可以啊，你比我发现得早。"

"那我就不客气了。一般来说，医院会培养患者体内提取的转移性癌症细胞用以检查哪一种抗癌剂更有效。如果有效果好的抗癌剂就会用，遗憾的是，现在的抗癌剂只对很少一部分患者有效。所以目前大家对抗癌剂的效果所抱的希望不大。"

"嗯，然后呢？"夏目看着森川的表情就像在看一名优秀的学生，催着他继续说下去。

"湾岸医疗中心做的正好相反。"

"相反？"纱希看起来还没有弄明白。

"对。他们利用出色的检查技术发现早期癌症后做手术切除。这时，确实很少会出现转移，毕竟还是早期。接下来，培养手术中提取的癌细胞，确认现有抗癌剂的效果。最近的分子靶向药物中有不少种药物只要癌症种类合适，效果就很好。只在发现有效的抗癌剂的情况下将培养好的癌细胞注射进患者体内，人为引发转移，在事先知道效果的情况下使用抗癌剂，就能取得不错的治疗效果了。也就是说，那些人参加的是事先知道结果的比赛。"

"事先知道结果的比赛，不错的名字，因为分子靶向药物中有一部分有一定概率能做到完全治愈吧。"羽岛微微牵起嘴角。

"也就是说，他们做的没什么特别，不过就是标准疗法罢了？"水岛又问了一遍。

羽岛点了点头说道："如果这个假设成立的话，就是这样。"

水岛说道："如果可以证明患者为标准疗法支付了高昂的治疗费用，欺诈罪就成立。如果癌症转移本来就是人为引起的，那么我想应该可以告他们伤害罪，不，是杀人未遂。如果真的有这种可能性，保险公司也不会善罢甘休的吧。"

森川的兴奋溢于言表："要怎么证明他们的罪行呢？"

"是啊。"羽岛抱着胳膊说道，"我刚才就一直在想，不过应该很难吧。如果能当场抓住他们注射癌细胞就完美了，不过这不可能。而且我想以现有的证据，警察并不会行动，而且就算警察真的出动，看到他们在培养患者的细胞，这也不能成为证据，他们只要说培养细胞是为了检查抗癌剂的效果就行了。"

夏目点了点头说道："而且就算患者的血液中检查出有抗癌剂，也不能作为欺诈罪的证据。只要医院主张他们的独特疗法会结合现有抗癌剂，警察就无法继续追究下去了。"

"如果这个假设是真的，那手法还真是高明。"羽岛说道。

森川说道："而且还有一个谜团没解开。"

羽岛点了点头道："你是说小暮麻里这些享受重病克服支援制度特别合约的人吧？"

"是啊。他们并没有做手术，无法用刚才的假设来解释，我觉得他们这些人的癌症全都治愈了这一点也有些奇怪。小暮女士的样本检查结果出来了吗？"

"嗯，很遗憾，有几点很可疑。"

夏目瞪了一眼果断地说出结果的羽岛，不过羽岛完全不在意。算了吧，夏目想。如果真的发现她有问题，就必须慎重对待，不过暂时还没有任何可疑之处。

"原来如此。"森川表情复杂地点了点头，"羽岛还托我调查除了小暮女士之外，其他三名加入重病克服支援制度特别合约的人与湾岸医疗中心有没有联系，目前并没有找到线索。不过这是支付保险金后的调查，我并没有取得深入调查的许可，所以不知道他们是不是真的和湾岸医疗中心无关。"

羽岛点了点头说道："这也是没有办法的事情。如果查出些什么的话就好玩了，没查出来就没办法了。不过不能说他们和湾岸医疗中心毫无关联吧，这件事依然存疑。"

"那么，接下来该怎么办？"纱希这个问题并没有针对某个特定的人。

"我们也会继续调查。"森川说道，"因为这次调查中，还有几个处于癌症早期却发生了转移的人与我们公司签订的合同还在有效期，我可以和他们见面当面问一问。"

"你要告诉他们湾岸医疗中心可能是故意让他们的癌症转移了吗？"

"怎么可能。"森川摇着头说道，"没有证据就说这种话，要是被湾岸医疗中心知道了会反过来告我诽谤的。我只是稍微问些问题，看看有没有可疑的地方。"

"如果查出什么的话要告诉我们啊。"羽岛说道，"然后，夏目那里可能还会有从湾岸医疗中心转过来的患者，你注意一下，毕竟日本癌症中心研究所是日本最先进的癌症医疗机构。筑地和浦安距离也不远，我想对湾岸医疗中心的治疗有疑问的患者很可能会来日本癌症中心研究所看诊。问他们话的时候注意一下职业，说不定能看出湾岸治疗中心为他们治疗时能得到什么，是金钱还是其他东西。"

夏目点点头道："嗯，下次如果再有和湾岸医疗中心有关的患者，我会告诉你们的。"

"还有啊，夏目你试着联系一下上次那个回到湾岸医疗中心治疗的患者吧，赏花的时候你不是说过有一个看起来不像从事正经职业的患者吗？"

"说不定他已经去世了。而且就算联系上了，我跟他说什么好呢？"

赏花后，夏目找到了那位名叫榊原一成的患者的电子病历。他用的是国民医保，因为他是个体经营者所以看不到详细信息。夏目试着用他登记的住址和真名搜索了一番，并没有出现反社会人物的信息。也许他并没有用真名活动，或者是隐藏在幕后的人物。

"你可以问问他为什么要逛医院，打个电话就行。他在那边的治疗很顺利，却来了日本癌症中心研究所，最后还是回去了对吧？"

"病历上写的是因为那边的治疗方法不清不楚，患者不接受。因为这样的患者很多，所以我记不太清楚了，差不多就是这样吧。"

"那么他为什么要回去呢？虽然看起来，我们夏目医生的治疗计划确实不太顺利，但是一般人会回到曾经让他起过疑心的医院吗？其实那里的治疗让他很满意，他不接受的是其他东西，这样考虑才更自然吧？"

"因为无法理解的原因转院的人可是数不胜数啊。"

"夏目对那名患者做了遗传因子检查，确认过没有有效的治疗方法了吧？你觉得这和刚才的假设矛盾吗？"

"虽说是遗传因子检查，不过用的都是标准方法，用的抗癌剂也都是通过审查的。如果他们用了国内尚未进行临床试验的新药，就不能否定刚才的假设。"

"是啊。"羽岛点了点头，"目前，夏目知道从湾岸医疗中心转来的患者除了小暮女士之外就只有他了。你试着联系一下他，看看他是否还在世，如果还在的话就问问详细情况。"

"啊，打个电话问问是很简单，不过他可能已经去世了，就算还在世，不配合我们的可能性也很高吧。"

羽岛平静地说道："如果真是那样再放弃，我们不是应该把所有能做的事情都做了吗？"

"医生，实在抱歉，让您特意跑一趟。" 榊原一成坐在对面的沙发上，浅浅地点了点花白的头。

夏目此时正在榊原位于横滨的住所，这栋房子位于绿树成荫的丘陵上，大敞的窗户外面能看到精心打理过的草坪和远方宽广的港口和大海。

"哪里的话。"夏目急忙鞠了一躬，"我只是担心您之后的情况。"

在羽岛家喝过酒的第二天，夏目给榊原写在病历上的公司打了电话。榊原本人很快接起了电话，完全听不出他是一名癌症晚期患者。

夏目声称是为了调查患者出院后的情况，询问他来日本癌症中心研究所看病的原因。虽然打电话前夏目觉得对方只会敷衍过去，不过出乎意料的是，榊原为后来没有联系日本癌症中心研究所而道歉后，提出想与夏目当面谈。听到榊原说要来日本癌症中心研究所，夏目条件反射地回答自己会登门拜访。

现在想来，一开始自己觉得对方不会理睬，随随便便打了电话也许确实是个错误。夏目对见面谈这种出乎意料的发展不知所措，最后还是接受了榊原派车来接自己的请求。

当时，榊原准确报出了夏目家的地址，只能说他已经提前做好了万全的准备，就等着夏目随时联系，所以夏目不可能拒绝。

一辆高级英国轿车停在夏目家门口，只比约好的时间晚了五分钟。一位身材纤瘦穿着衬衣的男人前来接他，男人名叫山本，一路与夏目攀谈，说的都是些彬彬有礼却毫无意义的闲话。夏目想，这就是所谓的知识分子型黑手党吧。

"医生觉得我在您那里看病后，又做了什么呢？" 榊原嘴角浮现出一丝微笑，直直地盯着夏目问。虽然感受不到威胁，但夏目反而愈发紧张。

"您看起来很健康。"

"托您的福，我很健康。"

"您在我们医院接受治疗后，应该是回到了湾岸医疗中心吧？"

榊原默默点了点头。

"治疗还顺利吧？"

榊原摇了摇头："治疗已经结束了。"

"结束了？"

"对，我的癌症已经彻底痊愈了。"

"嗯？"

"很意外吗？"榊原投来探究的目光。

"不，不过说实话我吃了一惊，因为那种晚期肺癌都能痊愈，实在是很罕见。"

"似乎是啊。"榊原说着看向了窗外，"不过关于这件事，我一点儿都不感谢湾岸医疗中心。"

"不感谢？这是什么意思？"

榊原收回视线看向夏目继续说道："夏目医生是湾岸医疗中心的西条老师的学生吧？"

"没错……"榊原并没有回答夏目的问题，反而说出了一个意想不到的名字，这让夏目有些不安。不过患者认识理事长并不是那么奇怪的事，不过连两人的师徒关系都知道，这就有些让人不自在了。

"你怎么看西条老师？"榊原的眼神变得锐利了。

"您问我怎么看……"

夏目认识的老师是优秀的医生和科学工作者，作为教育者也绝对值得尊敬。但是他从医学界消失了，甚至可以称得上是个谜，现在又在莫名其妙的私人医院进行莫名其妙的治疗。就算有人问他怎么看待老师，他现在也没办法轻易给出回答。

"医生应该大致能看出我是做什么的吧。啊，虽然我的工作不太好理解，不过我想你猜的不会差太远。"

夏目没有说话，继续保持沉默。

"我们生活的这个圈子到处都是可怕的家伙，我年轻的时候也做过不少荒唐事，说老实话，现在看见血都会觉得恶心。"

夏目只是点了点头，他不知道榊原究竟想说什么。

"这里也有见到血就开心的家伙，也有因为伤人而兴奋的家伙，就是所谓不正常的家伙。虽然让人恶心，不过倒不至于令人恐惧，因为这只是单纯的嗜好问题。我出生在西方，所以绝不会吃纳豆，不过也不会害怕吃纳豆的人。这两件事差不多。"

夏目微微皱了皱眉头，想适当表现出不知对方在说什么的焦躁。

"我在接受警察讯问时见过那个人。"

"讯问？"虽然结合刚才的话，那个人明显是指西条老师，但是讯问这个词和老师实在不相符。

榊原的表情蒙上了一层阴影："听到讯问对象说'不要杀我'时，那个人是这样说的，'我姑且明白了，不过我想最后你会渴望相反的结果，到时候请不要客气，尽管跟我说'。事实也正如他所说。"

夏目屏住了呼吸。

"医生，我有生以来第一次得知世界上真的有恶魔。他才智过人，拥有丰富的医学知识，有合理推动事情发展的坚强意志，那就是恶魔，就算不是恶魔，也是与恶魔相近的莫种东西。"

　　"我不相信。"

　　"信不信随你。那个人只是对我说，如果夏目医生联系我的话，让我用自己的方式警告医生。"

　　"警告？"

　　"对。"榊原点了点头，"不需要全都说出来吧，因为夏目医生是个聪明人。"

　　"这是威胁吗？"

　　"不。"榊原摇了摇头，"我甚至还没发出警告。对我们这种人来说，警告指的是更具体的行动。"

　　"原来如此。"夏目点了点头，背后一凛，"刚才您说关于癌症痊愈这件事，一点儿都不感谢湾岸医疗中心对吧？这是为什么？"

　　"任君想象。" 榊原发出沙哑的笑声，"我想医生的想象应该和事实相差无几。我现在是在完全知道事实的基础上决定站在湾岸医疗中心一边的，至于医生，我建议你考虑清楚这件事情的重要性。"

完全治愈

14. 2017年5月18日（周四）　　日本癌症中心研究所

日本癌症中心研究所的大厅挑高有三层楼高，种着好几棵树。柳泽来这里探过几次病，当时的他完全没想到自己也会有来这里看病的一天。

他取了初诊号之后坐在椅子上取出带来的文件，是传真到家里的初诊申请表，上面写着今天的日期，要看的是呼吸内科，主治医生一栏写着夏目典明的名字。来医院之前柳泽完全没在意，事到临头，才突然开始关注自己的主治医生是怎样的人。他取出手机试着搜了搜日本癌症中心研究所呼吸内科，想着里面也许有这个医生的履历。

他找到的官方主页上没有刊载医生的履历，不过在照片旁边写着专业医生认证等信息。照片上的夏目医生面容精悍，年龄大约在三十岁到四十岁，是日本内科学会认证医生，日本呼吸系统学会呼吸科专业医生，日本临床肿瘤学会癌症药物疗法专业医生。虽然柳泽不清楚每一项认证的具体含义，不过他觉得医生有专业认证总不会是什么坏事。

柳泽开始在湾岸医疗中心进行不住院治疗后，肺癌正如宇垣医生所说的那样缩小了。虽然同样正如宇垣医生说的那样，癌细胞并没有完全消失，不过目前治疗正在顺利进行，这让柳泽很放心。

当初觉得会很昂贵的治疗费也因为柳泽介绍厚生劳动省的职员来湾岸医疗中心接受癌症诊断体检而打了折扣。如果介绍职位高的人，折扣的幅度就会更大。虽然通过介绍别人参加癌症诊断体检就能减免治疗费这一点很奇怪，不过柳泽觉得私人医院的自由治疗可能就是如此吧，重要的是治疗很有效。

就在治疗起效，经济上让人担心的问题解决后，柳泽的人生突然急转直下。现在，他正站在死亡的边缘。

当时那一瞬间，柳泽没有理解宇垣医生说了什么。不，她的话本身的意思很清楚，但是自己的头脑却因此而拒绝接受。

"难以继续治疗？"柳泽知道自己的声音在颤抖。他不知道心中席卷而过的感情是害怕还是愤怒。

"嗯，就像我刚才说的，免疫疗法中重要的免疫细胞生产机制出现了故障，不得不限制提供给新患者的数量。"

"是什么故障？"

"具体情况我不能告诉你，只能说是意料之外的故障。"

"修复需要多久？"

"还不知道。"宇垣医生带着优秀银行职员般的表情说道。

　　"如果是可以用钱解决的问题，我会想办法。"虽然不知道是什么故障，不过总之就是供求失衡了吧。既然供不应求，那价值就会上涨，这是没办法的事情，既然如此，自己也可以付出相应的报酬。

　　宇垣医生摇了摇头道："大家都这么说，但这并非钱的问题……"

　　"就是啊！"柳泽条件反射地怒吼，连自己也吓了一跳，"这是……事关性命的问题。抱歉，我不该冲你大喊。"

　　"没事。"宇垣医生的表情看不出一丝动摇。

　　"能想想办法吗？我相信医生，所以努力支付了治疗费，还介绍了好几名同事来参加癌症诊断体检……"虽然介绍同事是为了减免治疗费，不过尽管如此，经济上的压力依然不小。

　　"其实……"宇垣医生此时露出了一个有些为难的表情。

　　"什么？"

　　"治疗的优先顺序并不是由接受治疗的时间决定的。"

　　"那优先顺序是怎么决定的？"柳泽微微探出身子问道。刚才听宇垣医生的意思，应该是老患者优先，不过听着听着，他觉得也许自己并非完全没有机会。

　　"是由对社会的贡献值决定的。不是由我决定，而是由医院高层决定的，因为这家私人医院的经营理念是建设更好的社会。"

　　"就是说我对社会的贡献度低？"柳泽并不觉得愤怒。虽然他很努力地在做着厚生劳动省的工作，不过他并不清楚自己对社会的贡献有多少。说到底，这种事究竟应该如何评价呢？

　　"不。"宇垣医生摇了摇头说，"柳泽先生的贡献度绝不算低。

就算按照高层的评价，也就在不得不放弃继续治疗的边缘。当然，我是主张让柳泽先生继续治疗的。您住院期间提到自己推进了新药的审查过程，这份功劳我也对高层提了。当然，介绍同事参加癌症诊断体检的事我也说了。但是很遗憾，对您的决定还是暂定中止治疗。"

"暂定？"

"对。"宇垣医生点了点头道，"评价会反复进行。关于下次是否继续治疗，还需要进行一次评价后再做正式决定。所以根据情况，现在的决定并非不可能改变。"

"我做什么能提高评价呢？"柳泽带着拼死一搏的决心问道。

他觉得自己正处于一个十分诡异而没有道理的对话中，但是这种感觉很快就变淡了，就像人们不会在意梦中大多数没有道理的事情一样。对，这也许是一场梦，如果是这样，就让我尽快醒过来吧。

老天没有听到柳泽的愿望，时间依然现实而冷酷地继续向前。宇垣医生取出事先准备好的资料，放在了柳泽面前。

呼叫自己号码的声音让柳泽从郁闷的沉思中回过神来。他急忙来到前台交出所需文件，拿到了门诊预诊卡，一边填写病例一边等待。家族病史和既往病史之类的叙述都很常见，填着填着，柳泽却看到了让他不知道该如何填写的项目，问的是来日本癌症中心研究所之前的治疗经历。

来日本癌症中心研究所看病一般都需要介绍信，不过他总不能拜托宇垣医生写介绍信。如果他那样做的话，一定会被彻底放弃。

作为继续治疗的条件，宇垣医生提出了几个有关柳泽在综合药品医疗机械机构的工作要求，"请求"他增加某项工作的工作量，减少另一项工作的工作量。

这种请求怎么想都是命令，因为如果柳泽不答应，治疗就会中止，事实上就是恐吓。要求中提到的信息有的向国民公开，不过大多数信息外部人员不可能知晓，宇垣医生连负责人的名字都知道，只能认为厚生劳动省中有人与医院合作。

各项要求中能看出一致的目的，这就是缩短癌症领域新药认证的审查时间。

与欧美相比，日本的新药认证速度明显滞后，也就是所谓的药品审评滞后，这个问题正在逐渐解决。审查人员不断扩充，审查制度本身也有所改善。当然，现在依然存在改善空间，柳泽认为自己这些人的使命就是为顺应不断变化的时代要求，不断进行改善。

但是柳泽感觉宇垣医生的要求未免太过激进。他经常听到一些言论，为顺应医疗方面的要求，审查治疗像癌症这样致死性高的疾病的新药时，应该适当放宽审查条件。但是他站在审查者的立场上决不能放过事关安全性的问题。既是出于道义上的责任，也是因为患者如果因为副作用提起诉讼，不仅是制药公司，与审查本身脱不开关系的国家也会成为起诉对象，而司法机构的判决通常不会关心医疗现场的实际情况。

"你在担心诉讼的事情吧？"

当时，宇垣医生在解释过怎样提高医院评价患者社会贡献度的方法后，仿佛看透了柳泽心中的想法。

"说到底，如果你们这些审查人员做得更好一些，我们就不用这样麻烦你了。只要相信自己是对的，就应该不畏惧诉讼的风险，以整体利益为优先，采取毅然决然的态度。这才是不断钻研，能够做出正确判断的人的责任和义务吧？国家对以宫颈癌疫苗为首的疫苗副作用问题态度暧昧，这只会助长不安和混乱，不是吗？"

面对宇垣医生的问题，柳泽无法做出回答。他可以反驳，但是宇垣医生激动的口吻让柳泽觉得有些恐怖，他第一次看到这样的宇垣医生。

这里是诊室，自己是患者啊。柳泽环顾四周确认了这一点。

宇垣医生继续说道："错误必须被纠正。排除大众愚昧的想法，能看清大局的人应该将人们引向正确的方向。您可以做到这一点。如果和我们合作，我们也会竭尽全力将您从死亡的深渊中拉出来。您应该已经发现了，厚生劳动省中也有不少人是我们的同志。我们并不打算推翻厚生劳动省，只是希望借你们的手创造出新的体制。柳泽先生，请您务必助我们一臂之力。"

宇垣医生的眼神没有了刚才的锐利，反射出复杂的光线。看到她的表情，大多数男性恐怕都会被迷惑。

柳泽想，我可不能被骗了。先让人恐惧，然后缓和紧张感。这不就是威胁人的惯用手段吗？这个女人不能信，她刚才说的免疫细胞生产机制出现故障一定也是谎言。

这样一想，自己是不是真的到了肺癌晚期也变得值得怀疑了。他没办法自己看到肺里的病变情况，如果是医生，应该能够轻易捏造检查结果，只要把别的癌症晚期患者的片子给自己看就行了。

必须先拖延时间，去其他医疗机构确认自己的病情。

"我明白了。"柳泽装作足足考虑了一分钟之久的样子，然后点了点头道，"请给我一点时间。虽然医生的话中有很多地方我也同意，但是毕竟太突然了……"

"当然可以。"宇垣医生笑着点了点头道，"什么时候能够得到您的答复？"

柳泽语塞。如果现在开始找别的医院，到检查结果出来需要多久呢？一周？不，应该需要两周吧。

"我等您一个月吧。"宇垣医生温柔地说道。

"一个月？"

"嗯。我觉得如果您想要打消疑虑，大概需要这么长的时间吧。"宇垣医生说完，露出一个神秘的笑容。

离开湾岸医疗中心的第二天，柳泽就赶到了位于三鹰的家附近的医院，主治医生看着胸部 CT 图像，他严肃的表情已经说明了检查结果。虽然数量比宇垣医生第一次给柳泽展示的片子中要少一些，不过肺部依然还有数不清的转移性癌细胞。柳泽原本抱着微弱的期待，希望疾病本身就是虚构的，现在这份期待就这样轻易地被打碎了。

虽然失望，不过他如期拿到了介绍信，决定去日本癌症中心研究所看病。他觉得在专业医院能够接受最先进的诊断治疗，这当然要比去其他医院好。

"您有什么困难吗？"

在大厅巡视的女职员问柳泽，大概是看他拿着共通的门诊预诊卡，表情相当难看吧。从胸牌来看，她负责提供咨询服务。

"不，没什么……"柳泽摇了摇头道。

女职员留下一句"有什么困难可以叫我"的话，然后就离开了。

来日本癌症中心研究所之前的治疗经历，要写多详细呢？柳泽犹豫了一阵后决定老老实实地写上在湾岸医疗中心做过手术后进行了不住院治疗的事情。三鹰的医院出具的介绍信上也写了这部分内容，所以就算隐瞒也没用。

他在门诊预诊卡上写着，因为湾岸医疗中心在浦安，而他家住三鹰，距离太远不方便，所以希望在日本癌症中心研究所接受治疗。

如果再加上一句希望医院不要联系湾岸医疗中心的话，这里应该不会强行联系那边吧。当然，柳泽没有提及自己在那边受到恐吓的事情。如果他说了，主治医生也许不止会联系湾岸医疗中心，还会通知警察吧。但是他完全没有在那边受到恐吓的实际证据。就算湾岸医疗中心主张他是因为听说无法继续治疗而精神错乱，他也很难反驳。

到时候警察不会管，湾岸医疗中心也会抛弃他，他必须避免发生这种事情。

填好门诊预诊卡上的其他项目后，最后一栏要求患者评估疾病对现在的精神状态和日常生活有多大影响，程度分为十个阶段。柳泽不知道这项评估有什么意义，不过他还是在两项中都选了最高阶段。他确实很痛苦，但是要问他这是不是最痛苦的事情，他也无法回答，只是希望这样填写医院能够更加关心自己。

再次被叫到名字后，他起身走向前台提交了门诊预诊卡，这次是要在综合许可咨询窗口听关于协助研究的说明。

柳泽漫不经心地听着，不是他不愿意协助研究，只是对方说的内容他都已经了解了。综合许可咨询窗口的说明结束后，员工让他去二楼的等候室等待。

柳泽坐直梯上了二楼，等候室人山人海。聚集在这里的人大多是可能患有癌症的人，或者是已经确定患有癌症的人，不过大部分人的表情都很平静。柳泽想，他在刚刚得知自己患有癌症以及术后发现癌症转移时都心慌意乱，到了现在，精神也相当不稳定。尽管如此，这份不安还在可以控制的程度。也许这些人同样如此吧。

"我是乐天派吗？"柳泽自问道。他以前从来不这样觉得，别人也没有这样评价过他。恐怕自己也称不上乐天派。"那么我很坚强吗？"

说他忍耐力强的人很多，大概是因为父母严厉管教的缘故吧。无论是准备学校的考试还是准备国家公务员考试，他都比别人努力得多。柳泽回想起自己被诊断为癌症之后的行为，觉得忍耐力强只不过是坚强的一个侧面而已。他不觉得自己在逆境中比一般人更坚强。

恐怕他现在是在通过不断分析实际状况来逃避不安，所以才能保持平静的心态。不过当此后一切情况都变得明朗，当他切实感受到已经无能为力时，还能继续装作平静吗？每天都离死亡更进一步，他能忍受这样的生活吗？

"没事的。"柳泽告诉自己，试着说服自己。但是这种话只会在心里传来空虚的回响。

突然，他发现自己犯了一个不得了的错误。自己为什么会在这里？

他是为了什么支付高额的医药费，在湾岸医疗中心接受癌症诊断体检的？不就是为了万一发现癌症后能够接受有效的独特疗法吗？而且治疗确实很顺利。虽然他自己没有看到治疗效果，不过至少现在和他最后一次在湾岸医疗中心接受治疗时的情形已经大为不同，他已经确定自己得了晚期肺癌。

柳泽想起了在湾岸医疗中心大厅遇到的那个男人，那个看起来做的不像是正经职业，被手下称为会长的男人。那个男人不也是在日本癌症中心研究所治疗时没有效果，最后还是回到了湾岸治疗中心吗？

回去吧。

柳泽想着，顺势站起身来，同时听到了叫自己号码的声音。

他不由得环视四周。附近有好几个人向心神不宁的他投来了好奇的目光。

"请出示号码条。"在等候室巡视的员工对呆立不动的柳泽说道。

柳泽沉默地点了点头，出示了号码纸条。

"呼吸内科的诊室在这边。"她微微一笑道，指出了诊室的位置。

"谢谢。"柳泽低头道谢道。

他想，已经不能逃走了。不过，只做最低限度的检查就好。自己的癌症在这里一定不会好转，随便看看就回湾岸医疗中心继续治疗吧。

柳泽敲了敲诊室的门，听到回应后推开门。这里的诊室比湾岸医疗中心狭小，电脑后坐着两名男性。

"请多指教。"柳泽鞠了一躬，正在看主页的人是夏目医生，另一个戴着金边眼镜的男人是谁呢？实习医生吗？不对，他看起来和夏目医生的年龄差不多……

"柳泽昌志先生，初次见面，我是您的主治医生夏目。"夏目医生落落大方地笑着和他打招呼。

"我是羽岛。"戴着金边眼镜的男人带着愉快的表情报上姓名，"在这里做观察员。"

"观察员？"柳泽看着夏目医生问。

"他也是日本癌症中心研究所的医生，负责检查医生看诊时的措辞和问题内容是否恰当，不会对柳泽先生的检查产生直接影响，请您予以理解。"

医生之间有这种相互监督检查吗？还是说虽然他们两个人看起来年纪相仿，但是实际上羽岛医生的地位更高？

夏目医生首先根据柳泽带来的三鹰医院的介绍信和胸部CT图像问了他现在的病情，简单确认了他做手术的时间和此前的病情发展。

"那么，"夏目医生说道，"你是因为去湾岸医疗中心看病不方便，所以在家附近的医院检查后，被介绍到这里的吧？"

"嗯。"柳泽点了点头。

羽岛医生突然插了一句说道，"但是你一开始就应该知道湾岸医疗中心离你家很远吧？"

柳泽看着夏目医生，似乎在问他不是观察员吗？

夏目医生急忙解释道："抱歉，问题不够充分时他会当场补充。事出突然吓到您了，不过有两位医生一起为您诊断病情，这样更让人放心吧。"

"是啊。"羽岛医生夸张地点了点头回答道，"那么，既然你一开始就知道湾岸医疗中心很远，为什么要选择去那里做癌症诊断体检呢？"

"是同事推荐我去的。"

"他是怎么说的？"

柳泽想了想，既然如此，干脆把能说的事情全说出来好了，只隐瞒在湾岸医疗中心受到恐吓这种会引起麻烦的事情就好，毕竟全都撒谎很难。

"同事对我说那里的癌症诊断体检精确度高，就算万一发现了癌症，那里也有独特疗法，治疗效果很好，让我放心。"

"你实际做了哪些治疗呢？"夏目问。

"每个月去门诊打一次点滴。"

"那么，治疗顺利吗？"

"医生是这样说的。"

听到柳泽随口说的一句话，羽岛医生露出惊讶的表情。

"医生是这样说的？实际上治疗不顺利吗？"

"不。"柳泽支支吾吾地说道，"因为我自己不能直接看到体内癌症病变的情况……"

"这倒是。"羽岛医生撇了撇嘴说道，"医生也是一样啊，又不能每次检查后都做手术直接查看肺部的情况。如果是拍摄 CT 图像，我想医生看到的东西和你是一样的。"

"嗯。"

"所以患者一般不会说因为自己没办法直接看到，所以不知道治疗是否有效这种话。你既然这样说，是不是发生了什么不得了的大事？"

"抱歉。"柳泽低下头说出这两个字，"我现在脑子很乱。"

"很乱是指？"夏目医生问道。

"啊，因为我是癌症晚期……"柳泽回答的时候，自己也知道这个理由没有说服力。

"总之，治疗有效果吧？"夏目医生似乎觉得很奇怪。

羽岛医生也问道："难以治疗的晚期癌症明明治疗得很顺利，你却因为每个月往返一次太麻烦的理由想要转院治疗，果然很奇怪。"

柳泽想要说些什么来反驳，但是却无言以对，他欲言又止，觉得嘴很干。这些人是怎么回事。自己确实隐瞒了一些事，但这些事应该不会影响在日本癌症中心研究所的治疗。

柳泽想道，包括宇垣医生在内，自己怎么总是遇到奇怪的医生，还是说治疗癌症的医生都是些怪人。

夏目医生一直在盯着自己，好像在掂量些什么，他扫了一眼电子病历后问道："对了，柳泽先生是在 PMDA 工作吧，具体做什么工作呢？"

"为什么要问这个？"柳泽刻意微微皱起眉头说道。

夏目医生微微牵起嘴角回道："像我这种肿瘤内科医生就会注意这些，因为我现在也在参与几项临床试验。"

"多认识几个像您这样的人，说不定将来能派上用场。"羽岛医生笑眯眯地说道。

"哈哈哈。"柳泽干笑几声，"既然如此，我就更不能细说了，我做的是和新药审查有关的工作。"

羽岛医生用食指扶了扶眼镜："湾岸医疗中心对这份工作提出了一些意见……"

柳泽感到自己的心跳突然加速。

"有没有这样的事情？"

羽岛医生说完后，露出一个恶作剧般的笑容，这让柳泽一下子松了一口气，但是不安的情绪立刻重新浮上心头，并且变得更加强烈。就算是开玩笑，一无所知的人也说不出这样的话。这些人都知道什么？

"当然没有。"柳泽故作镇定地点了点头说道，"不过，为什么要这样问？关于那家医院有什么不好的传闻吗？"

"没有没有。"羽岛医生装模作样地摇了摇头，连忙解释道，"如果你只是因为去医院太麻烦而希望在我们这里治疗的话，就没有任何问题。"

三人之间漂浮着令人尴尬的沉默。

打破这份短暂沉默的是夏目医生。他说道: "柳泽先生,我觉得这样下去不会有任何进展,所以我就直说了。具体情况我不能告诉您,不过实际上我们对湾岸医疗中心的癌症治疗方法抱有怀疑。如果您对湾岸医疗中心的治疗有什么怀疑,请告诉我们,我们应该能够帮到您。"

"怀疑是指?"

羽岛医生回答道: "我们怀疑他们在进行某种欺诈行为。"

"欺诈行为?"

"嗯。"羽岛医生点了点头应和道, "你对他们的治疗没有任何怀疑吗?如果是这样,刚才应该会用治疗很顺利这种说法才对。"

柳泽沉默了。他觉得必须说点什么来转移这种不自然的气氛,但是对话的进程已经非常不自然了。如果在一定程度上坦白,会不会有帮助呢?柳泽很快下了决定。

"其实,我曾经怀疑湾岸医疗中心捏造我患有癌症的事实,在此基础上诓骗我说治疗得很顺利。"

羽岛医生摇了摇头说道: "很遗憾,你确实得了晚期肺癌,而且我们认为湾岸医疗中心的治疗确实进展得很顺利。你为什么会觉得自己没有得癌症呢?"

柳泽沉默了。这样一来不就变成了只有自己在提供信息了吗?

"在我回答之前,请你们告诉我为什么会认为湾岸医疗中心在进行欺诈事件呢?究竟是什么样的欺诈事件?"

两位医生面面相觑，羽岛医生对夏目医生点了点头。原来如此，羽岛医生不是什么观察员啊。

夏目医生说道："具体经过有关个人隐私，我不能告诉您。不过，如果您保证不说出去，我可以告诉您我们的假设。"

柳泽点了点头。心下想道："究竟是什么样的欺诈事件呢？他们明明也认为自己是真的得了癌症，而且湾岸医疗中心的治疗进行得很顺利啊。"

夏目医生也冲他点了点头，然后继续说道："柳泽先生是在被诊断出早期肺癌后，在湾岸医疗中心做了手术吧？"

"是的。"

"您应该知道，早期肺癌一般很少会发生转移。"

柳泽点了点头说道："手术前我听医生这么说过，所以很放心。"

"那么，您觉得难以发生转移的早期癌症为什么会发生转移呢？"

柳泽皱起眉头迟疑道："只能说是我运气不好了吧……"

夏目医生微微摇了摇头说道："我们则认为那边诊断出来的早期癌症必然会发生转移。"

"必然？癌症转移不是有概率的吗？"

"通常情况下是这样。虽然是早期癌症，不过依然有较低的概率会出现转移。"

"通常情况？"

"是的。"

"这是什么意思？"

夏目医生暂时闭上了嘴，然后接着说道："我们的想法目前只是假设，要想验证真伪还需要柳泽先生的协助。"

"所以，究竟是什么假设……"

夏目医生像是终于下定了决心，开口说道："柳泽先生，我们认为你在湾岸医疗中心接受手术的时候并没有发生转移。"

"啊？那转移是什么时候发生的？"柳泽无法理解对方的话。转移确实发生了，刚才夏目医生也确认了这一点。如果不是做手术的时候转移的，那会是什么时候呢？时间线不是很奇怪吗？

"虽然严格来说我们并不清楚，不过癌症转移有可能是术后人为引发的。"

"人为引发？"不明所以。柳泽停止了思考，只是重复着这句话。

"对。湾岸医疗中心可能在手术中提取出了尚未转移的早期癌细胞，培养后使其增殖。"

"然后呢？"

"他们在培养出的癌细胞上证明某种抗癌剂对您的癌症有效，然后将癌细胞放回了您的体内。"

"啊？"

"手术后您应该打过针吧？"

"这个当然打过，毕竟是术后，打了不止一两回。不过，他们究竟做了什么？"

羽岛医生说道："一场事先知道结果的比赛。因为你从事药物行政方面的工作，所以应该知道最近的分子靶向药物对特定的癌症效果很好。"

"嗯。"

"发现没有转移的早期癌细胞，在确定有能够充分起效的药物后将癌细胞放回患者体内引发转移，之后使用能够充分起效的药物进行治疗，这样一来，湾岸医疗中心就能取得比其他医院优秀得多的治疗成效。"

柳泽皱起眉头，他能明白这些话的意思，但这些话无法让他轻易相信。

羽岛医生用愉快的口吻继续说道："根据我们弄到的信息来看，他们的癌症诊断体检是真的厉害。这样就能够聚集到一批尚未发生转移的早期癌症患者，为他们实施手术，然后进行一场事先知道结果的比赛。患者应该都是因为那里口碑好才去参加体检的。因为治疗和医药费都很昂贵，所以只有有权有势的患者才会去。他们钱包充实，而且以治疗为条件说不定还可以给医院带来某种便利。"

夏目医生迅速接过了话头。

"我们的假设就是这样。柳泽先生，我再问一遍，您在湾岸医疗中心的治疗过程中，真的没有接受不正当的要求吗？"

柳泽无言以对，他的大脑中还是一片混乱。

夏目医生稍稍探出身子说道："请让我们为您治疗。当然，我们对您的工作不会提出任何干涉。"

"你们的假设要如何证明？很抱歉，我不觉得湾岸医疗中心真的在做这种事。"

　　夏目医生点了点头说道："很难证明。如果能当场抓住他们注射癌细胞的话就好了，但是那种事情不可能做到。培养患者的癌细胞，检查抗癌剂的效果，这种事情包括我们医院在内，很多医院都在做，所以就算抓住他们在培养癌细胞也不能证明他们做了坏事。"

　　"说起来，湾岸医疗中心的医生曾经说过会培养我的癌细胞，检查他们的疗法有没有效果。"

　　"当时，他们有没有说标准疗法没有效果？"

　　"没有……他们只说了独特疗法的效果值得期待，并没有说已有的抗癌剂无效。"

　　"他们有没有说过自己的独特疗法能消灭癌细胞之类的话？"

　　柳泽摇了摇头说道："只是说能让癌细胞不会转移，就像良性肿瘤一样，说这就相当于癌症痊愈了。"

　　"虽然我觉得这是一种过度宣传，不过只要分子靶向药物起效，确实可以以年为单位延长寿命，也确实有一定的概率达到完全治愈。"

　　柳泽点了点头，以年为单位延长癌症患者的寿命在过去很难实现。正是因为现在可以实现了，所以有人说高昂的抗体药物可能会威胁到医保的存续。

　　柳泽逐渐恢复了冷静。

　　自己现在的情况确实可以看成分子靶向药物充分起效。进行已经知道结果的比赛，不需要技术革新也能伪装成奇迹般的治疗方法，这种假设本身也许并不能说是无稽之谈。

　　夏目医生说道："如果现有的抗癌药也能取得同样的治疗效果，

您会选择我们医院吗？”

柳泽立刻点头说道："当然会。"

羽岛医生说道："日本癌症中心研究所比湾岸治疗中心离你在三鹰的住处更近嘛。"

"嗯，而且京叶线经常会因为强风天气而停运。"不知道从什么时候开始，柳泽已经能够笑出来了。就算选择帮助他们验证假设，现在的自己也已经没什么可以失去的东西了。

羽岛医生抬头看着天花板说道："大名鼎鼎的日本癌症中心研究所和寂寂无闻的私人医院相比，竟然只有这么点优势。"

柳泽哈哈大笑道："如你们所料，两位医生刚才提到的，湾岸医疗中心对我的工作确实提出了要求。"

夏目医生挑了挑眉问道："什么样的要求？"

"具体要求我不能说，不过目的都是为了加速治疗癌症的几种新药的审查进程。"

"您按照他们说的做了吗？"

"没有，而且我来了这里。如果按他们的要求做了，就无法保证新药的安全性了。夏目医生，请利用我的癌症验证你们的假设吧。如果假设成立，厚生劳动省也会配合警察，采取相应的措施。"

夏目医生重重地点了点头说道："谢谢您。"

夏目医生简单介绍了为验证假设需要进行的实验后，开始详细说明癌细胞的提取方法。实验似乎需要三周时间。

柳泽边听医生的说明边想着别的事情。

如果夏目医生他们的说法是真的,他绝对不会原谅湾岸医疗中心。厚生劳动省内似乎也有和他们串通一气的人,不过只要能顺利收集到证据,一定要让那种荒唐的医院接受法律的制裁。

15. 2017年6月9日(周五) 筑地 日本癌症中心研究所

"哎呀,这下麻烦了。"羽岛一屁股坐在了办公室的椅子上,苦笑着说道。

"这件事情可不好笑。"夏目瞪了羽岛一眼说道,"柳泽先生会回到湾岸医疗中心继续进行治疗的吧。我刚才试着给他打了电话,他没接。"

"不是不能理解。"

"嗯。"夏目黯然地点了点头回答道。

那次谈话之后,他用内视镜从柳泽的肺部提取出少量癌细胞进行培养。

利用一部分培养出来的癌细胞,检查代表性癌症遗传因子有没有发生变异,然后利用剩下的部分检查各种抗癌剂的效果,包括几种尚未通过审查的药物。

但是,事先知道结果的比赛假设是错的。夏目并没有发现对柳泽的癌症有显著效果的抗癌剂。

刚才,夏目将结果告诉了前来复诊的柳泽。他勃然大怒,冲出了诊室。夏目的日程排得很满，不可能追出去，而时间自由的羽岛则根本不想去追。

"只能说不可思议，那个名叫榊原的患者的癌细胞消失了吗？"

"虽然我没有亲自确认，不过应该是真的。通常来说，像他那种癌症晚期患者应该已经去世了，但他依然活蹦乱跳的。"

"我们面对的是不可能发生的癌症消失事件。包括小暮女士在内，夏目下过剩余寿命诊断通知的患者，还有榊原，常识无法解释的事情接二连三地发生。柳泽先生的癌症看起来也控制得很好。"

"之前那个双胞胎替身事件发生的时候你不是说了吗？如果发生了不可能发生的事情，就要以事情原本就没有发生为前提来思考。"

羽岛摇了摇头说道："那种事情我每次都会最先考虑。但是，只有这次的一连串活人事件绝对不是这样。患者确实得了癌症，后来也确实消失了。"

"是啊，这一点毋庸置疑。"夏目扶着额头说道。

"不过，我们都知道，他们并非什么样的患者都能治愈。"

"嗯。"夏目点了点头应和道。

没错，湾岸医疗中心并非能治愈任何人的癌症。

柳泽第一次来看病后，夏目用羽岛想出的计策证实了这一点。

夏目试探着询问了湾岸医疗中心，想将几名接受终末期医疗的癌症晚期患者转到那边去。羽岛猜测对方恐怕不会接受。

虽然这些患者中没有重要的政治家，不过包括了相当有权有势的人，但是湾岸医疗中心那边的回答很冷淡。

——由于本院患者人数已满，所以不予接收。

如果湾岸医疗中心真的开发出了奇迹般的治疗方法，应该会高兴地接受他们介绍的患者。但是他们并没有表现出积极的态度，不，应该说是无法表现出积极的态度。

"我们重新整理一遍问题点吧。"羽岛起身站在房间里的白板前说道，"首先，患者大致可以分成两组。"

羽岛画了两个大圆，在其中一个圆里写上富裕阶层，在另一个圆里写上低收入阶层。

夏目点了点头。

羽岛继续说道："两组还有一个让人在意的区别，富裕阶层在湾岸医疗中心做过手术，而低收入阶层则没有做过手术。"

夏目又点了点头说道："是啊，因为他们没有做过手术，所以在小暮女士那样的患者身上，事先知道结果的比赛假说就不适用。"

"嗯。而且我试着在小暮女士的血清样本中查找过化学疗法的痕迹，却一无所获。"

"转移到那种程度的癌症已经不可能做手术进行切除的了，而且也没有发现手术的痕迹。放射治疗也不可能让那种程度的癌症完全治愈。"

"我们在赏花的时候想到了拯救者假设。假设中提到有秘密开发出有效治疗方法的拯救者为了在经济方面帮助穷困人群，选择不公开治疗的方法。"

"拯救者假设不是我们提出来的，是你自己想出来的，我现在听起来依然觉得太荒唐。而且湾岸医疗中心如果开发出了奇迹般的治疗方法，应该会开心地接受我们此前介绍的有权有势的患者。考虑到这一点，他们很明显并没有开发出奇迹般的治疗方法。拯救者假设也不成立。"

"为了解决问题，必须讨论每一种可能性吧？"

"那倒也是。不过，奇迹般的治疗方法应该不存在，可是小暮女士和榊原先生的晚期癌症却完全治愈了，柳泽先生的治疗也很顺利。事先知道结果的比赛假设看起来也是错误的，究竟是怎么回事呢？"

"咱们还是问问西条老师本人的吧，我们又不是不认识他。"羽岛自暴自弃地笑了一下，然后说道。

夏目没有告诉羽岛，老师已经通过榊原警告过自己。因为柳泽应该已经回到了湾岸医疗中心，老师恐怕已经知道自己并没有听从他的警告。

夏目突然回忆起榊原的话，他称老师为恶魔。夏目不觉得老师能做出那么残忍的行为，能让接受警察讯问的人主动求死。

"他不觉得？"

"不，从技术上来说，医生掌握各种人体知识，应该可以做到在不杀死讯问对象的基础上对其施加肉体和精神上的痛苦……"

"怎么了？你的表情很吓人。"羽岛看着夏目的脸问道。

"没事，我试着联系过老师，接电话的是他的秘书，说老师会打过来。我觉得老师一直没打过来并不是因为忙。"

"看来老师不可能告诉我们治愈癌症的秘密了。"

"只要能联系上老师，我就能想办法问出来。"

"西条老师曾经说过不再收学生，你能缠着他成为他的关门弟子，所以这话从你口中说出来挺有说服力。不过当时你也没能阻止老师突然辞职。"

夏目回忆起老师告诉他自己要离开学校的那天。现在，他依然清楚地记得那天发生的每一个细节。

"医生做不到，又只能由医生来做，而任何医生都无法完成的事情。"

是邪恶的事情吗？确实会有医生在战争中进行人体试验等邪恶的事情。

那天，还有一件事情让他很在意，这就是白板上写的"拯救"两个字。恶魔才不会拯救。

根据柳泽的说法，老师似乎想要加速新药的审查进程。尽管正如柳泽所说，加快审查速度可能会有轻视安全性的危险，不过癌症是致死率高的疾病，就算有风险，应该也会有不少患者希望使用效果好的新药进行治疗吧。

"我说羽岛。听你说那个拯救者假设的时候，虽然觉得荒唐，不过我想到了一件事。西条老师说要离开大学的那一天，办公室的白板上并排用日语写着拯救，用英语写着 Neoplasm。"

"写得很大吗？"

"没有，只是很多文字中的一部分，其他地方写得太潦草了看不清，剩下的我只记得有'TLS''risk'什么的。"

"小暮女士出现了 TLS 吧？"

"嗯，不过症状很轻。"

"听上去很有预言性啊。癌症的高额保险金拯救了小暮女士的人生，而且她还得过肿瘤溶解综合征。"羽岛抱着胳膊说道，"不过，为什么要担心 TLS 呢？"

"因为老师说过作为肿瘤内科医生，TLS 是必须时刻注意的紧急症状。"

"嗯。"羽岛低下了头回答道，"既然如此，写上 TLS 就更奇怪了。这是所谓的前提条件吗？白板上写了要站在患者的立场治疗，或者治疗前要充分说明之类的字了吗？"

"我刚才也说了，因为字迹太潦草看不清。不过，应该没写这些东西。"

"是吧？"

"既然如此，老师的意思应该是在拯救癌症，不对，是拯救癌症患者的计划中必须特别小心 TLS。不过，本来就不存在奇迹的治疗方法，而这是拯救的前提。"

"是'拯救癌症'……"羽岛说完就沉默了。

"真烦，你别挑刺，必须拯救的是患者而不是癌症本身。"

"不。"羽岛摇了摇头否定道，"他们想拯救的真的是患者吗？"

羽岛又沉默了一阵之后，像是明白了什么一样重重地点了点头。

"不过，为了救人，首先必须拯救癌症本身。夏目，从小暮女士身上提取的癌症组织让我来做解析吧。"

"组织？不是血清吗？"

"嗯。我需要癌症组织，只是简单的解析，很快就能出结果。如果把结果告诉西条老师，老师应该会同意见面吧，我想肿瘤应该不是小暮女士的。"

16. 同日　浦安　湾岸医疗中心

宇垣看了一眼刚才收到的邮件，内容是解析结果。数据简单明了，夺走老师的女儿惠理香性命的人是羽岛悠马。惠理香体内提取出的 DNA 与羽岛一致。

我为什么没有特别的感觉？宇垣陷入一种奇怪的感觉中。自己此前明明花费了大量努力去寻找害死惠理香的犯人。

不，宇垣摇了摇头。

我当然不会有特别的感觉，因为我从一开始就不关心害死惠理香的犯人是谁。

对我来说，惠理香的死只是见到老师的契机而已。如果不是老师的愿望，我是不会去寻找害死惠理香的犯人的。

尽管如此，宇垣想道，为了让老师与过去诀别，这是必要的工作。也许我们这些人的人生终于要开始了，就把这件事情当成单纯的好事吧。

宇垣拿起听筒准备给老师打电话，不过她没有拨出就挂了电话。她打印出文件，起身走到门口的镜子前整理好发型，然后走向老师位于住院楼的办公室。

老师的房门半开着，灯光从里面透出来。宇垣刻意加重了脚步，低着头敲了敲门。

"请进。"

"打扰了。"

"晚上好。"老师仿佛什么都知道一样，表情平和地问，"你没有联系我就过来了，是要给我什么惊喜吗？"

"对我来说是吧。"

"是羽岛吗？"

宇垣点了点头，把资料放在了老师的桌子上说道："这是怎么回事？"

"惠理香连我也骗过了。"老师没有看资料，而是看向窗外昏暗的大海。

17. 2017年6月13日（周二） 筑地 日本癌症中心研究所

夏目结束了上午的坐诊，从白大褂的口袋里取出自己的手机。有一条陌生号码的未接电话，还有同样的号码发来的短信。夏目心神不宁地点开了短信。

"我是西条,好久不见。上午坐诊辛苦了。我看到你发的邮件了,有时间请给我打电话。"

老师漫不经心地显示出自己知道夏目早上要坐诊,夏目觉得这种恶作剧式的做法令人怀念。时隔十多年,再次听到老师对自己说话,这让他稍微放下心来,因为这番话中看不出敌意或者冰冷,依然是夏目认识的那位老师。

夏目下到一楼,走出住院楼,来到住院楼和研究所之间空无一人的地方给老师打电话。

"我是西条。"

"我是夏目,好久不见。"

"好久不见,你做的事情连我都听说了。不过夏目啊,日本癌症中心研究所的医生应该每天都很忙,我觉得你专心做那边的工作会更好。"

虽然老师话中并未带刺,不过清楚地传达了他的意思。

"这是警告吗?"

"怎么会。"手机里传来不带感情的笑声。

"您看到我发的邮件了吗?"

夏目给湾岸医疗中心的患者咨询邮箱发了一封邮件,提到关于小暮麻里的事情,他想和老师谈谈。不久后,西条老师用自己的邮箱回了邮件,于是夏目回复说他有事想问,希望老师给自己打电话,同时附上了小暮麻里的数据。

"嗯。在我们医院的过敏科接受治疗的小暮女士得了恶性肿瘤，你有话想问吧。"

"是的。因为她身上发生的现象令人难以想象，所以我想听听西条老师的意见，就联系了您。"

"电话里不好说，我们好久没见了，要不要见面谈谈？"

"请务必见我一面。我去湾岸医疗中心见您可以吗？"

"不，你本周六能来东西线的浦安站吗？我会准备一桌别出心裁的酒菜。难得见面，我们边喝边聊吧。很遗憾，医院附近没有好的店铺。"

"好，让您费心了。"

"本周六下午六点，在浦安站的检票口见怎么样？"

"我明白了。"

"另外，羽岛也在日本癌症中心研究所工作吧，他现在怎么样？"

"嗯，他很好。"

"把他也一起带来吧。"

"羽岛吗？"

"对，你的论文他帮了不少忙吧。"

"我会告诉他。"虽然和羽岛一起去自己也能安心一些，不过夏目同样担心事情会变得麻烦。

"我很期待本周六的见面。"

挂断老师的电话后，夏目来到羽岛在研究所的办公室，将老师的意思告诉了他。

"我也去？"羽岛惊讶地说道。

夏目点了点头答道："对。"

"为什么啊？"

"老师说因为我的论文你帮了不少忙。"

"都过去十多年了吧，而且你把我的名字写在合著者里了，不需要道谢，如果真要感谢，我倒是希望你在上学的时候请我吃顿饭。"

"你去吗？老师应该准备了你的位置。"

"去。我去的话你也能安心一些吧。"

"你可别多嘴，如果老师愿意告诉我们实话，我不想把事情闹大。"

"我知道了。"

"怎么回事，你竟然这么老实，不舒服吗？"

"你说什么呢，我本来就是老实人。"羽岛说着笑了起来。"追究非法行为不是我的目的，而且小暮女士完全治愈的诡计我已经看穿了，不过还没弄清柳泽先生和榊原先生是怎么治愈的。我比较在意这件事。"

东京地铁东西线开往东叶胜田台的快速列车在经过南砂町站之后会来到地面上。在这之后，再过五分钟就到浦安了。

"现在不是地铁了啊。"羽岛坐在夏目旁边，对着夕阳眯起眼睛嘟囔了一句。

夏目什么也没说，心里想着你已经不是小孩子了，别说这种话。

不久后，电车驶过架在宽广河面上的铁桥，应该是荒川。宽阔的河口对面能看到大桥，更远处能看到广阔的大海。

"西条老师会是什么态度呢？"羽岛问道，"果然还是会威胁我们吧？"

"不知道，老实说我真的不知道。"

"可能会有一群可怕的人在等着我们，然后威胁我们，说不定我们会被带走。"

"为了以防万一，我把咱们今天的行程告诉森川了。"

"告诉你老婆了吗？"

"没有。"夏目摇了摇头说道，如果告诉纱希，她也许会阻止自己。

"不说比较好。"羽岛瞥了一眼夏目，点了点头说道，"我也带了以前登山的时候备用的防熊喷雾。"

"不管怎么说，他们都不会在浦安市中心采取暴力手段吧。"

"以防万一嘛。我也不觉得西条老师会做这种事，所以才同意和你一起来的。另外，我不认为他会把湾岸医疗中心正在做的事情全都告诉咱们。今天只是为庆祝重聚，开心地喝一杯吧？你打算怎么做？"

"这就要看老师的态度了，至少我们已经解开了小暮女士完全治愈的秘密，老师也会想见我们一面吧。虽然不知道老师的目的，不过如果我们说想要阻止他们在做的事情，应该有商量的余地。"

"森川怎么说？"

"他说这次很难证明对方骗保。在这个阶段，考虑到调查和诉讼的成本，以后注意不要再跟可疑的客户签合同是更现实的做法。当然，如果西条老师把他们做的事情全都坦白了，那就另当别论了。"

羽岛摇着头笑了笑，说道："总之，就拿小暮女士的事情质问他吧。就算他不说出全部实情，看他的反应应该也能明白一些事情。毕竟我们甚至还不清楚西条老师的目的是什么。"

"老师应该是看小暮女士生活困难想要帮帮她吧，其他穷困的人同样如此。老师以前经常说，只靠医学没办法救人。"

羽岛点了点头说道："就算这样，欺诈总是不好的。而且不惜把患者置于危险的境地也要加速新药的审查进程，这也不是什么值得表扬的行为。"

"就算存在风险，依然有很多患者希望新药能够尽快通过审查。老师做的事情应该是为了拯救这样的人吧？"

"如果把患者之类外行人的愿望全部实现就是好事，就不需要我们医生和柳泽先生那样的专业人士了。专业人士的作用就是站在综合性的立场上，做出外行无法做到的决定。"

"但是，虽然解开了小暮女士完全治愈之谜很厉害，我们还是被你的假设折腾得够呛。既然你是天才，更快地找到答案多好。"

"随你说吧。建立假设就是为了验证是否正确，关键并非在于结果正不正确。实际上，小暮女士的治疗方法不也是在不断排除一个个不能以常理思考的可能性之后，才终于找到了答案嘛。对方的手段那么离奇，怎么可能一下子就想到。"

"那倒也是。"夏目点了点头说道。

电车穿过一条比刚才更细的河流，开始减速，广播中传来就要到达浦安的通知。

没错，我们一直在拼命寻找治疗小暮女士的方法。但是寻找治疗方法本身就是错误的。

毕竟，本来就不存在治疗方法，因为根本不需要。

所以不可能找到。

电车到达浦安站，夏目心情沉重地站起身来。

西条老师没有出现在浦安站的检票口。因为还有五分钟才到六点，所以夏目觉得老师可能还没到，不过一位穿着套装的女性马上前来与他搭话。

"不好意思，请问是夏目医生和羽岛医生吗？"

"是的。"夏目点了点头答道。

"初次见面，我是湾岸医疗中心的宇垣。"那位女性递上名片。

"呼吸外科啊。"夏目从钱包中取出自己的名片。这个女医生是柳泽的主治医生，曾经威胁过柳泽。

"是的，夏目医生的专业是肿瘤内科吧，我听柳泽说过不少关于您的事。"

夏目又将自己的名片放回钱包中，取出了宇垣的名片说道："看来不需要交换名片了，你的名片也还给你吧。"

宇垣带着完美的古典式笑容收下名片。

"挺好，大家都明白，说话就方便了。"羽岛笑着说道。

"车在那边等着，请跟我来。"宇垣指着车站北口说道。

路边停着一辆大型豪华轿车，宇垣坐在副驾驶的座位上，等夏目和羽岛在后排坐好，司机便平稳地发动了汽车。

"我还以为可以从车站走过去，今天要去哪家店？"

"你们马上就知道了。"宇垣医生说着，从后视镜看着两人。她长得很漂亮，但是鹰一样锐利的眼神令人印象深刻。

开了五分钟左右，车停在了一道高高的水泥防波堤旁边。应该是电车即将到达浦安时过的那条河，防波堤的牌子上写着旧江户川。司机打开车门。

"请走这边。"宇垣医生指着通往防波堤的陡峭楼梯，带头向上走去。

"好久没吃烤肉了啊。"羽岛开着玩笑，说道。

"您喜欢吃烤肉吗？"宇垣笑着回头问道。

羽岛一边上楼梯一边说道："是啊。吃烤肉的话，能看见在河边跑步和钓鱼的人。"

"我会告诉理事长，下次吃烤肉。"

"如果还有下次，那不吃烤肉也可以。"

走完台阶后，要在防波堤上走一段路，然后顺着和刚才上来的时候一样陡峭的楼梯就能下到河岸边。

"理事长在那里。"

宇垣指着防波堤下面的一艘游船说道。

"我们人数这么少，需要包下一整条船吗？"

"对，当然了。"

"太好了，夏目，要不要拍照发到 Facebook 上去？"羽岛说着，轻快地开始下楼梯。

"夏目医生请。"羽岛催促道。

"请稍等。我好久没坐过游船了。"夏目取出手机，拍了一张羽岛在游船前比剪刀手的照片发到了 Facebook 上，配文是我们在浦安，要去乘游船了。

"请。"宇垣微笑地看着夏目说道，随即又指了指楼梯，于是夏目开始缓慢地下楼梯。

"您在担心什么吗？"宇垣在夏目身后问道。

"没有。"夏目头也不回地回答道，"因为我有很多能力强又有行动力的朋友。"

"一会儿能加个好友吗？我不上船。"

夏目没有回答，走进了羽岛刚才乘上的游船。

游船的右舷是过道，左舷是一排包间。宇垣说酒席设在道路尽头左手边的房间，穿过走廊，夏目见羽岛独自坐在船头的包间里，纸拉门开着。

"说是西条老师马上就来。"羽岛说着，指了指自己旁边的坐垫。夏目脱掉鞋后在坐垫上坐下。

桌子上已经摆上了简单的下酒菜。

房间最里面是一扇玻璃窗，可以看到水面。

"那边的包间里一定坐满了可怕的人。"

"解决咱们俩用不了那么多人。我已经把照片发到网上了。"

"那我就放心了。要是我们真出了什么事，警察也方便行动。"

"这不能说是放心吧。"

发动机的轻微震动突然让游船摇晃了一下。

"开了吗？"夏目话音刚落，游船开始摇晃着前进。窗外的风景开始变化，夏目立刻打算站起身来。

"没关系的。"走廊传来声音，西条老师穿着一身灰色西装出现在门口，他没有系领带。

"请不要吓我们，哎呀，真是好久不见。"夏目起身迎接，羽岛坐着没动。

"只是一点余兴节目。"老师笑着说道。他让夏目坐下，自己也坐在桌旁。

"还真是低级趣味。"羽岛摇了摇头说道。

"抱歉啊。"老师欠了欠身说道，"恶作剧过头了吗？你们觉得在见到我之前就会被带到某个奇怪的地方去吗？"

夏目一本正经地说道："不需要其他余兴节目了。"

老师依然保持着微笑，说道："难得我准备了各种节目，不要这么说啊。我绝对不会伤害你们的，所以请放心。"

"请不要做出太令人吃惊的事情。"

老师带着笑意微微侧了侧头。

"因为是游船，我托百货店弄来了不少不容易入手的日本酒。"

老师说着从怀中取出一张纸，上面列着最近颇受欢迎的日本酒清单。

羽岛嗤笑了一声说道："确实都是些大众评价很高的酒。不过西条老师，很抱歉，要让我们来说，这些酒都有些无趣。"

"那真是遗憾，我应该提前问问你们。不过，你们就在这些无趣的酒里选出合口味的来喝吧，说不定这就是你们这辈子最后一次能够喝到的好酒了。"

"您不是说不会伤害我们吗？"夏目严肃地看着老师问道。

"我会遵守约定。"老师表情平静地说道，"要喝哪一瓶？"

夏目选了中部地区的牌子，羽岛选了东北地区的牌子，老师选了和夏目一样的酒。老师拍了拍手，女招待来为他们点餐。

游船在夕阳中朝着河口前进。从刚才开始对面就不再有船经过，夏目感到越来越不安。

酒很快就送来了。

"为庆祝我们重逢，干杯。"老师说完，三人碰杯。

"这不是挺好喝的嘛。"老师喝了一口之后说道。

"我不是说酒不好喝，我承认酒的味道很好。"羽岛说道，"我是说这些酒无趣。"

"很像美食漫画里别扭的主人公会说的话啊。如果好喝的话，老实说好喝就好了嘛。"

"是啊，大家在这里就坦率一些吧，总是揣测对方话语里面的深意就太没意思了。我们有很多话想问西条老师，能请您坦率地回答吗？"

"可以。"老师点了点头答道，"我会尽量说实话的，不过，也请你们跟我说实话。"

"我知道了。"夏目应和着，觉得有些奇怪。老师究竟想告诉他们什么呢？

"羽岛，你呢？"

"当然可以。"

"那么，所有人都要尽量说实话。不过，先说点以前的事，一边炒热气氛一边品尝美味的日本酒如何？对我来说，在东都大学当老师的那段时间是宝贵的回忆。在那些日子里，我带着对知识的纯粹好奇与你们共同钻研，是我一生中最辉煌的时刻。我想稍微回忆一下那些日子。"

羽岛看了看夏目，似乎在说都交给你了。

窗外能看到迪士尼乐园的灯光，再过一会儿应该就会进入大海了。

"好吧。"夏目点了点头说道。

三人兴致勃勃地说起以前的事情，虽然都是一些小事，不过，就连一开始没什么兴趣的羽岛最后都露出了笑容，恐怕也有酒的功劳吧。

不知不觉间已经过去了一个小时。老师开了一个当时的医学院院长的玩笑，三个人放声大笑，然后突然陷入沉默。沉默只持续了五秒钟，却足以将三人拉回现实。

"好了。"老师表情温和地说道，"我满足了，好多年没有这样尽情地笑过了。说不定这是离开大学以后我第一次如此开怀。"

"我也很开心。"夏目感到心中涌起一股热流。

老师一定参与了非法行为，也许他是为了拯救，但那是明确的犯罪行为，其中蕴含着医生不能置之不理的危险。

"夏目最想知道的是小暮麻里的事情吧？"

"是的。"

"你给我发了一封邮件，里面只说了想问有关小暮女士的情况，附件中是她的检查数据。我不知道你们的具体想法，你们是想来和我确认自己的答案是否正确吗？"

夏目点了点头道："小暮女士已经是癌症晚期，却完全治愈了，我们一直在拼命寻找原因。我们认为是湾岸医疗中心悄悄对她实施了某些治疗，于是检查了治疗的痕迹，却什么都没找到。"

"是啊。"老师点了点头回道。

"这是医疗工作者容易陷入，不，是一定会陷入的陷阱。我们会理所当然地认为病患的病情以无法解释的概率碰巧得以治愈一定是因为存在某种特殊的治疗行为。"

老师沉默着再次点了点头。

"看到小暮女士保存在医院的肿瘤样本的 DNA 解析结果，我大吃一惊，因为她的肿瘤是别人的。"

"没有弄错样本吗？这种事情常有发生。"

夏目摇了摇头说道："这不可能，样本保管得很好。而且，如果小暮女士体内的癌细胞是别人的，一切就都解释得通了。老师将别人的癌细胞移植到小暮女士体内了吧？"

"哦？"老师挑起眉毛问，"排异反应要怎么处理？移植他人的癌细胞不是会被身体排斥吗？"

"我们是这样假设的。你们知道小暮女士有一个身患残疾的女儿，生活困苦，首先告诉小暮女士她有过敏性疾病，然后为她治疗，开的药是免疫抑制剂。有过敏性疾病的人使用免疫抑制剂很常见，不过恐怕你们给小暮女士开的药效果更强吧。也许同时使用了具有免疫抑制效果的抗体类药物，只要注射一次就能长时间维持免疫抑制效果。"

老师沉默地听着，表情中带着一丝满意。

夏目继续说道："就这样，当小暮女士的免疫力下降到可以进行脏器移植的水平后，你们假装为她进行某种治疗，实际上是在她体内注射了别人的肺癌细胞。由于免疫抑制剂生效，本来会被排斥的癌细胞开始生长。是你们建议她在注射癌细胞前投保了高昂的保险吧？这样一来她一旦被诊断为癌症晚期，就能凭借重病克服支援制度特别合约获得死亡保险金。"

夏目说得口干舌燥，拿起桌子上的水喝了一口。

"然后，让癌症消失就简单了，只要停止使用免疫抑制剂，让癌细胞无法逃过排异反应就好。你们可以停止给小暮女士使用此前的免疫抑制剂，或者使用安慰剂替换，这样一来，癌细胞就会因为排异反应而死亡，甚至不需要任何治疗。如果只有湾岸医疗中心出现奇迹般完全治愈的病人就会引起怀疑，不过，只要在癌细胞即将消失的最后阶段将病人送去其他医院就好。"

老师赞赏地为他鼓掌道："原来如此，很有趣的假设，但是在医疗中，证据同样重要。刚才我说的样本拿错了也不是没有可能。"

"医院保存的小暮女士的肿瘤样本中应该混有小暮女士自己的细胞，这就可以排除样本拿错的可能性。不过，确实很难证明老师的医院在做这样的事。"

"是啊。"老师缓缓点了点头说道，"虽然在病患体内发现别人的癌细胞很罕见，但也并非完全不可能。有报告指出，有外科医生做切除肉瘤的手术时，不小心用手术刀划伤了自己的手掌，后来体内出现了来源于患者的肉瘤。这种情况下，排异反应偶尔不会发生。捐献者提供的肾脏中有癌细胞，在移植手术完成后癌细胞不断增殖长成肿瘤的例子也不止一件。而且，解析小暮女士的样本时没有经过她本人的同意吧？"

"是的。所以我们不会告诉警察，只想知道自己的推理是否正确。如果是真的，我们希望你不要再做这种事情了。"

老师什么都没说，似乎既不打算肯定也不打算否定。

"老师，你刚才不是说过要尽量说实话吗？"

羽岛说道："没用的，既不肯定也不否定，这就是西条老师的实话。"

老师只是笑着摇了摇头。

夏目朝着老师问道："你为什么要做这种事？"

老师依然一言不发。

羽岛笑了。他说道："不承认自己做了坏事的人，问他原因也不会有结果的。"

"坏事？"老师看着羽岛反问道，表情中有一丝焦躁。

夏目乘机追问道："这话也许是我班门弄斧，但是癌症中还有很多谜题尚未解开。移植肾脏后发现捐献者本人患有癌症，然后停止使用免疫抑制剂的病例中，不是也出现过对移植的肾脏产生了排异反应却留下了转移的癌细胞的受捐患者吗？这种事情很危险吧。而且在癌细胞迅速死亡的过程中也有可能出现肿瘤溶解综合征。老师以前不是一直对我强调肿瘤溶解综合征的可怕之处吗？"

"这不过是普遍的看法。"老师微微撇了撇嘴说道，"我实际上就夏目刚才说的方法进行过实验，停止使用免疫抑制剂后，为患者移植的是一定会被其免疫系统排斥的癌细胞。然后只要把患者送到熟悉TLS 的肿瘤内科医生那里去进行后续治疗就可以放心了。"

羽岛嗤笑了一声说道："哎呀，夏目的作用就在这里啊。"

"老师……"夏目张口结舌说道，"从学生时代，你对我强调TLS 的重要性时开始，你就有了这个计划吗？"

老师一言不发，恐怕这就是答案了。

羽岛恶狠狠地看着老师说道："报告显示，用于移植脏器的免疫抑制剂会让癌症发生率提高两倍。如果像小暮女士这种本来不需要使用免疫抑制剂的人在用药后真的得了癌症，不就无法挽回了吗？"

"用于脏器移植时，要长期使用免疫抑制剂。而根据夏目刚才的假设，移植癌细胞时，需要使用免疫抑制剂的时间要短得多。而且只要保险金能解决大问题，我认为这种风险完全可以无视。"

"你们靠所谓的独特疗法赚了不少钱吧？"羽岛喝了一口酒，问道，"如果想在经济上帮助他们，直接给钱不就好了吗？当然，这都是在假设成立的基础上。"

老师摇了摇头说道："我过去做过资金援助，但是没用的，人的灵魂无法被拯救。大多数情况下都会得出要是没给过钱救济他就好了的结论。"

"拯救灵魂？"老师究竟在说什么？

"没错。"老师重重点了点头答道，"在鬼门关走一遭，再活过来的人的灵魂会得到拯救，散发出光彩。夏目是小暮女士的主治医生，应该明白我说的话。你在日本癌症中心研究所负责治疗，后来转院的三个人，还有其他的拯救对象同样如此，现在都过上了充实的人生。如果单纯只是给钱救济他们，他们的人生不会变得如此闪亮。"

"你承认你们做过这些事了吧？不过，确实很难证明。"见老师有些激动，羽岛只是冷冷地嘟囔了一句。

夏目激动地喊了起来："老师做的事情不是医生该做的啊！"

老师完全不在意夏目的愤怒，只是静静地微笑着，说道："也许是这样吧，我做医生的时候确实做不到这种事情。"

"老师究竟想做什么？柳泽先生曾经跟我们说，湾岸医疗中心逼他加快新药的审查速度。确实，像癌症这种致死率高的疾病，很多患者希望效果好的新药能够尽早通过审查应用于临床治疗，哪怕在一定程度上牺牲掉一部分安全性。但是专业人士的使命不就是综合各种因素进行判断，严格确定其安全性后再让药物通过审查的吗？"

羽岛咬牙切齿地说道："你想当神吗？在我看来，这不过是无聊的装神游戏罢了。"

"羽岛的想象力真丰富。"老师闭上眼睛，无奈地摇了摇头道，"不过，我想就算是想象力丰富的羽岛，也有想不到的事情。"

"不要这么看得起我。"羽岛笑着说道，"虽然解开了小暮女士完全治愈的谜团，不过，我还不知道你是怎么治疗柳泽先生和榊原先生的。你们又做了什么手脚？"

"这是商业机密。而且我刚才说你想不到的事情并非指癌症治疗。"

"那我就不知道的了，毕竟是我想不到的事情，麻烦您就不要再继续卖关子了，快告诉我吧。"

老师不慌不忙地笑着点了点头，把手伸进夹克里，取出一张照片放在羽岛面前。

照片上是一名年轻的女性，很美，不过，照片本身已经有些褪色，而且从发型也可以看出这不是最近拍摄的照片。

羽岛看到照片后睁大了眼睛。

不知道什么时候，老师收起了笑容，紧紧盯着羽岛的脸。

羽岛抬起头大喊道："你为什么会有她的照片？她现在在哪里？在做什么？"

老师重重叹了一口气。

"看你的样子，是真的什么也不知道啊。这是我死去的女儿惠理香，一切都是从我女儿的死开始的。"

"惠理香？她死了？怎么死的？"羽岛的声音在颤抖。

"羽岛，她曾经对你使用过假名吧？我一直在寻找害死我女儿的犯人。"

"犯人？她是被杀死的吗？"

"是的，她为了保护你对我撒了谎，所以我调查的方向一直都是错的。"

被杀了？那应该会出现在新闻里啊。但是，羽岛确定自己没有看到过惠理香被害的新闻。

"我问她是不是被别人强奸了时，惠理香点了点头。"老师露出痛苦的表情。

强奸？犯人？就是说……夏目想起了学生时代听过的传言。

老师的女儿自杀了。但是，她为了保护羽岛撒了谎？

"这次，我在收集你们的资料时，偶然发现羽岛的 Facebook 上用的是我女儿最喜欢的保罗·克利的画。"

夏目看着羽岛。羽岛没有看他，只是等着老师继续向下说。

"我心中一动，检查了日本癌症中心研究所的员工在我们这里做体检时提取的 DNA。"老师摇了摇头说道，"结果，我发现夺走我女儿性命的人就是羽岛。"

"DNA？"夏目皱起眉头问道。他一时大意，没注意到体检时有湾岸医疗中心参与进来。他平时不会仔细确认负责体检的医疗机构的名字。

"我女儿是因为癌症去世的。"老师表情悲痛，一字一句地说道，"我女儿生前住在浦安综合医院。在她去世后，我从她的主治医生那里拿到了她的癌症组织，想寻找犯人。羽岛，夺去我女儿生命的癌细胞中含有你的 DNA。你知道这意味着什么吗？"

羽岛缓缓点了点头，然后低下头干笑了一声说道："那家伙真傻。"

不久后，房间里响起了羽岛的呜咽声。

老师只是怜悯地看着他。

18. 2017年6月17日（周六）　浦安

"他们来了。"宇垣坐在驾驶座上，看了一眼坐在副驾驶座的榊原。手机上是游船上的员工用手机发来的定位信息。开了一条缝的窗外传来游船的引擎轰鸣声。宇垣发动了汽车。

榊原点了点头道："准时到达啊，还好游船没有堵在河上。"

"虽然我相信你能做到，不过真的没问题吗？"

"没问题，我们不就是为此而合作的吗？他们也演习过无数次了。"

"因为不能失败。对警察的解释也没有矛盾之处吧？"

"都准备好了。警察应该能接受复仇这个理由。而且我们在警察内部也有不少'资产'。"山本坐在后座上，戴着耳机将笔记本电脑放在膝盖上，负责和周围安排的看守联系。这个知识分子型黑社会的安排总是让人佩服。

"周围没有警察。"山本说道。

准备应该是万无一失的，尽管如此，不确定因素依然太多。

在宇垣等人后方大约五十米的地方停着一辆厢型轿车。就停在游船码头旁边，在堤坝正下方。一个男人站在车旁，靠着堤坝的水泥墙。再往前一些，停着负责迎接老师他们的高级轿车。

距离这么远，应该看不到袭击时的具体情况吧，不过靠得再近些的话就太危险了。确定袭击成功后，就必须马上离开这里。

堤坝上方出现了人影，正在缓缓走下楼梯。羽岛靠着夏目的肩膀，老师跟在两人身后。

"来了。"榊原环视四周，"没有外人，不过除了警察，就算有人也没关系。"

夏目和羽岛走下楼梯，从厢型轿车前经过，老师刚走到厢型轿车前。

说时迟，那时快。靠在水泥墙上的男人从口袋里抽出手冲向老师，手中寒光一闪。同时，厢型轿车的侧门从里面打开了。男人直接撞向老师，把脚步蹒跚的老师推进了车里。在夏目回过神来大声喊叫之际，车门在他面前关上了。宇垣距离太远，看不清路上有没有留下血迹。

所有事情都发生在一瞬间，仿佛在变魔术一样。

厢型轿车迅速开动，夏目推开靠在他肩膀上的羽岛追上前去拍打车门，但是厢型轿车猛踩油门扬长而去。

"走吧。"宇垣静静地发动了汽车。

19. 2017年6月24日（周六）

事情发生一周后，在住宅区旁边发生的医院理事长被绑架杀害事件在社会上引起了巨大反响。

事情发生的第二天早上，犯人到浦安警察局自首，称自己将理事长分尸后扔进了荒川河口。警方发动大规模搜索，找到了躯干和一部分腿部遗体。

犯人在湾岸医疗中心手术时出现了医疗事故，导致他的肺癌发生了转移。这就是公开的犯罪动机。其他医疗机构的就诊记录可以证明实施犯罪的男子确实患有晚期癌症。湾岸医疗中心也曾向他支付赔偿费，并附有一封道歉信，从信中可以看出确实发生过医疗事故。犯人不满意赔偿费的数额，经常去湾岸医疗中心闹事。根据犯罪现场的情况可以看出存在共犯，但是犯人绝口不提共犯的事。

很可疑。这是夏目看过一系列报道后的感想。那种熟练的手法不是外行人能够做出来的。

老师在走一条相当危险的路上。从森川给他看的湾岸医疗中心患者名单可以看出，老师手中掌握的力量十分巨大。

夏目不知道榊原与这次事件有没有关系，从名单上可以看出，老师与多个反社会势力都有交集。就算是某个势力为排除老师的影响力插手了这件事情也不足为奇。

　　因为警察并非无能，应该会注意到此次案件的犯人口供中有不自然的地方。不过以前也有很多案件，尽管犯人有可能另有其人，自首的人却依然被当成犯人给裁决了。

　　老师的影响力遍布国家中枢组织和警察系统内部。夏目觉得尽管夸张，不过并不能排除他们想要联手解决掉老师的可能性。也许老师是被自己建立起来的人脉系统给吞噬了。

　　事情刚刚发生后，夏目在浦安警察局录了口供，解释了他与老师的关系和一起坐游船的原因。

　　夏目说自己是西条老师的学生，因为怀疑湾岸医疗中心涉嫌医疗欺诈事件，所以直接来询问老师。负责录口供的警察整个过程始终带着惊讶的表情，夏目觉得这也难怪。以人为手段让患者罹患癌症之后再进行治疗，这种事情确实不容易让人相信。

　　最后由于犯人自首，警察表示医疗欺诈事件的嫌疑会在以后另行调查。但是由于夏目不能说他擅自使用了小暮的样本，所以可以想象证明医院的欺诈行为很难取证。

　　森川说，对于是否要追究这件事，大日本生命保险公司的态度模棱两可。

　　毕竟西条老师很可能已经不在人世。

　　尽管警方找到的遗体至今身份不明，不过犯罪现场还留着老师被男人刺中后留下的血液，以现有技术可以进行 DNA 检验。

　　发现部分遗体后，浦安警察局的刑警拜访过夏目家，询问他西条老师是否有亲人可以提供用于参考的 DNA。

夏目问刑警有没有发现头部或者手指等部分，刑警并没有回答，不过很明显，无法用牙齿的治疗痕迹或指纹来确定遗体的身份。

夏目不知道老师有没有在世的亲人，不过他想起了老师说过的话，告诉刑警他的女儿惠理香的样本应该还保存在浦安综合医院。

包裹在蜡纸中的癌症组织样本会永久保存在医疗机构。癌症组织中的正常组织里包含着惠理香的 DNA。夏目同样告诉刑警惠理香的癌症组织是别人的。没有医学知识的刑警记下了夏目的话，自然也是带着难以置信的表情。

最后，刑警问夏目是否知道西条老师患有晚期癌症，警方找到的遗体上似乎发现了晚期癌症的痕迹。夏目没想到老师已经到了癌症晚期，看来老师的剩余寿命也已经不长了。

案件发生的当晚，夏目在浦安警察局录完了口供后，和羽岛一起回到了自己位于丰洲的家。羽岛有气无力地说自己一个人也没关系，夏目没有理他，强行把他带回了自己家。

客厅旁边的和室是客房，夏目在房间里铺好被褥后，羽岛一言不发地瘫倒在被子上。夏目同样什么也没说，轻轻关上了纸拉门，心想羽岛今天晚上估计是睡不着了。

夏目冲了个澡，换好衣服后在桌子上摆了三个容量有一百八十毫升的大玻璃杯，往里面倒满了日本酒。他筋疲力尽地瘫倒在沙发里，电视上正在报道西条老师的案子。夏目一手拿着玻璃杯，对纱希解释了今天发生的事情，还有在游船里得知的羽岛的过去。

"羽岛身上的癌细胞夺走了惠理香的生命。"夏目开始对纱希解释惠理香死亡的真相。夏目并没有刻意放低声音，尽管他觉得羽岛在房里应该能够听到。

"什么意思？羽岛在惠理香身上移植了自己的癌细胞吗？"纱希皱着眉头低声问道。

"没有，羽岛没有得癌症，而且一般情况下，就算给健康人植入癌细胞也会被排斥。"

"那为什么会发生这种事情？"

"你听说过胞状畸胎吗？"

"不知道，那是什么？"

"是一种异常妊娠，俗称葡萄胎。分为卵子在卵原核缺失或卵原核失活的情况下和精原核结合后发育形成的完全性葡萄胎和两个精子与一个卵子的遗传信息同时发育的部分性葡萄胎 [1]。因为胚胎体发育后的组织呈现胞状，所以命名为胞状畸胎。"

"这和癌症有什么关系？"

"胞状畸胎中含有绒毛组织，孕妇有患上绒毛上皮癌的可能性。虽说所有孕妇都有患上绒毛上皮癌的风险，不过怀上胞状畸胎的孕妇患上绒毛上皮癌的风险更大。我刚才说了，完全性葡萄胎中只有精子

1　部分胎盘绒毛肿胀变性，局部滋养细胞增生，胚胎及胎儿组织可见，但胎儿多死亡，有时可见孕龄较小的活胎或畸胎，极少有足月婴诞生。——译者注

的 DNA 在发育，也就是说，怀上完全性葡萄胎的孕妇如果患上癌症，癌细胞上将只带有精子的 DNA。"

"嗯？嗯？那……"纱希瞪大了眼睛。

"嗯，羽岛曾经和惠理香交往过。"

"她当时对我说她叫由里子，上条由里子。"

和室中传来羽岛的声音，他缓缓拉开了纸拉门。

夏目点了点头说道："就是这样，全部吐出来就好了。"

"那么好的酒，吐掉太可惜了。"羽岛无力地笑了笑，他坐在夏目旁边喝了一口酒说道，"没味儿，西条老师说得没错，我可能再也喝不到好喝的酒了。"

"你是在什么地方认识惠理香的？"纱希问。她或许认为与其小心翼翼地避讳，不如让他全说出来更好。

"在东都大学图书馆。我实习的时候因为太累，在图书馆看保罗·克利的画集，她来和我搭话。除了名字，她几乎没告诉我任何关于她的事，只说是来东都大学参观的。现在想想，她听说我是医学院的学生之后，应该想到了她父亲西条老师吧。"

"你们就是从那时开始交往的吗？"

羽岛点了点头说道："我当时忙着上课，她也因为母亲早早去世，要承担家务。我们大多数时候只在休息日见面，她会来阿佐谷，到我家里来玩。"

夏目想起了游船中的对话。

　　西条老师告诉羽岛真相后，再也没有跟不停哭泣的羽岛说过话。

　　夏目代替羽岛问了老师几个关于惠理香的问题。

　　惠理香在东都大学附近的私立女子大学学习生物学。她和老师一起住在浦安老家，代替去世的母亲承担起了全部家务，还要努力学习。惠理香本来就经常在休息日外出，所以老师似乎没有发现女儿谈恋爱了。

　　"上学的时候，我听说过羽岛和女性在一起的奇怪传闻，原来是真的啊。"纱希理解地点了点头。

　　"他是我第一个交往的女性，也是唯一的女性。我们交往半年后，她突然失踪了。只留下一张写着'我喜欢上别人了，抱歉'的字条。"

　　"你在大学实习时总是请假，还丢了学分，就是那段时期吧？"

　　羽岛点了点头说道："我怎么找都找不到她，我相信我们总有一天会再见的，一直在等她。就算她和别人结婚了也没关系，我只想知道她现在怎么样了，总是提不起兴趣来和其他人交往。我想着如果我取得像样的研究成果出了名，说不定她会回来见我。没想到她竟然是因为我而去世的……"

　　"不是你的错。"夏目拍了拍羽岛的肩膀，"老师不也没责怪你吗？"

　　"嗯。但是老师也……"羽岛渐渐没了声音。

　　就在游船即将到港时，老师对羽岛说道："我们家信基督教，所以没有佛龛，不过我现在还留着记录女儿成长的相册。如果你觉得方便，以后有时间来我家悼念她吧。"

羽岛抬起头，通红的眼睛看着老师。

"都怪我女儿为了保护你撒了谎，导致我一直以为女儿临终前非常不幸。我决定纠正这个会发生此等悲剧的扭曲世界，寻找杀害女儿的凶手，无论对方是什么样的人，我都要让他受到惩罚，所以要拥有足够的力量。于是，我抛弃了医生的信念，甚至不惜利用医学知识去做坏事。恐怕夏目一直想知道我的目的，这就是我的目的。"

夏目想起了老师谜一般的话语，他说道："医生做不到，又只能由医生来做，而任何医生都无法完成的事情……"

老师点了点头。"我现在依然不觉得女儿是幸福的。不过……"他低头看了看羽岛后接着说道，"至少我女儿的死是因为爱情吧？"

不久后，游船到达码头，夏目让羽岛靠在自己肩膀上走下游船。绑架就是在那之后发生的。

案子发生十天后，DNA 鉴定结果出来了，警方公布湾岸医疗中心理事长西条征士郎确定死亡。

"那么，大日本生命保险公司也决定不再追究这件事情了吗？"

案子发生一个月之后，森川和水岛一起来到日本癌症中心研究所，夏目在中心最高层的餐厅问他。午饭时间已经过了，餐厅里人很少，正适合讨论一些复杂的问题。

森川点了点头说道："小暮女士这件事很难证明医院作弊。而且关于只提高有权有势的人的癌症复发率这件事，我们还完全没弄清楚他们是如何控制病情的，之前提到的事先知道结果的假设也是错误的。"

水岛继续说道："西条理事长死后，湾岸医疗中心的业务量有所减少。以前医院会细致地为不住院的患者看诊，医院还兼有研究设施，现在似乎已经不接受新患者了，正在住院的患者也不断转院或出院，也许会就此关闭。"

"这样啊。"夏目点了点头。

森川稍稍压低声音说道："虽然我可以接受公司高层得出的结论本身，不过现在公司里对这件事情很敏感，不能随便提，说不定我们公司的高层中也有和湾岸医疗中心合作的人。如果真是这样，以后的调查很难有进展。"

"不是不可能。"夏目撇了撇嘴说道。

"羽岛没事吧？"森川问。夏目已经将羽岛的过去告诉了森川和水岛。一是因为要想解释整件事就很难瞒住这一部分内容，另外夏目也希望森川能为羽岛走上新的人生旅程提供帮助。

"他看起来挺精神的，不过实际上并非如此。最近找时间一起喝个酒吧。"

"羽岛需要展开一段新的人生旅程。我们跟他关系一直这么近，竟然不知道他身上曾经发生了这么严重的事情。"

"羽岛自己也不知道。直到一个月前为止，知道一切真相的只有惠理香一个人。她的温柔保护了羽岛，也让羽岛苦恼了这么久，还打

263

乱了西条老师的人生。"

"希望他能早点振作起来，找到合适的人。"森川拿起玻璃杯喝了一口水。

"我想科长应该没空担心羽岛先生吧。"水岛说道。

"我知道。"森川皱起眉头。

水岛低低举了举手："能把我放进羽岛先生的女友候补里吗？"

森川呛了一下，问道："你是认真的吗？"

"我开玩笑的，我怎么可能赢过他始终无法忘怀的那位女性，也就只能让科长这种人迷上我了。"水岛说完，向洗手间走去。

"嗯？喂，你这是什么……"森川脸都红了。

真是好懂的家伙啊。夏目笑着说道："我觉得你们很合适，她看起来也挺高兴的。"

见过森川他们之后，夏目来到羽岛在研究所的办公室。羽岛因为要开会，没能去见森川他们，此时刚好开完会回来。

夏目将大日本生命保险公司的决定告诉了羽岛。

"这样啊。是啊，西条老师死后，湾岸医疗中心的活动也减少了，也许这样就可以了吧。"

"是啊。不知道大日本生命保险公司的高层在这件事情里扮演了什么样的角色，说不定老师的死也让他们松了一口气。"

羽岛表情复杂地说道："老师的影响力有多大，柳泽先生他们接受了什么样的治疗，杀害西条老师的幕后黑手究竟是谁。留下的谜题还很多。"

"是啊。"夏目表示同意。这些谜题会有解开的一天吗？根据现在的情况，只能得出很难解开的结论。

还有一件事情让夏目无法彻底释怀。那就是老师为什么要为了掌握如此巨大的势力，不惜将医生的知识用在做坏事上。老师说这件事情的契机就是女儿的死。

他要为女儿报仇，所以要积蓄力量。这个理由绝非不能接受，但是夏目依然觉得不对劲儿。

老师掌握的势力对于给女儿报仇来说未免太大了。当然，老师的妻子因病去世一定也影响了他的想法。

但是，妻子的不幸离世真的改变了西条老师吗？

老师拯救弱者，支配权势者的命运。虽然榊原说老师是恶魔，但是夏目觉得比起恶魔，老师的目标应该是神。

人在什么情况下会想要靠近神呢？

学生时代，夏目上过精神医学的课程。当人被虚无感包围时，为了得到接近神明的全能感，可能会成为宗教的虔诚信徒。

西条老师用医学知识做坏事以便自己攫取权力，做出像神一样的拯救行为，是不是为了得到全能感，来填补内心巨大的空虚呢？

如果是这样，是什么让老师产生了如此巨大的空虚呢？

"怎么了？你的表情很吓人。"羽岛盯着他的脸说道。

夏目将自己的疑惑告诉了羽岛。

"确实如此。"羽岛点了点头，看向放在书架上的那幅《亚热带风景》，压低声音说道，"不过老师究竟为何走上了通往神的道路，现在已经无从知晓了。"

夏目看着羽岛悲伤的样子，赶紧抛出一个愉快的话题。他把森川和水岛刚才的对话告诉了羽岛。

"真好。"羽岛咧嘴一笑，"虽然我能感觉到森川喜欢她，不过没想到琉璃子也有这个意思，真是个令人愉快的惊喜。"

"如果他们交往顺利，我们之中就只剩你还是单身了哦，很寂寞吧。"夏目明白，对于刚刚从惠理香的死带来的打击中振作起来的羽岛来说，这种玩笑还太早，不过他依然说出了口。他相信羽岛不是脆弱的人，羽岛和自己的友情也足够坚固。

羽岛沉默了一会，露出一个爽朗的笑容说道："不会寂寞的。在得知真相的那一刻，我寂寞的人生已经结束了。"

"是吗？"夏目看着好友的笑容，自己也笑了起来。羽岛并不是被惠理香抛弃了，而是被她深深爱着。

"知道真相之后我又想起了当时的事情。在她留下写着'有了喜欢的人'的字条消失之前，曾经好几次说了同样的话。"

"她说了什么？"

羽岛的表情有些凄凉："她说无论命运多么悲惨，人总有一天能够克服困难。在她刚刚失踪时，我以为这句话是她在为了离开我做铺垫，现在想来，她也许当时就想到了我有一天可能会知道真相吧。"

夏目重重点了点头说道："嗯，我也这样觉得。所以你必须按照她的话去做。"

"我能做到吗？"

"能，或者说你要是不能快点做到我会感到困扰。老师已经去世，要解开留下的谜题会更加困难，但是一定有线索。我想尽可能地探明真相，我相信解开真相一定能告慰老师的在天之灵，我需要你的帮助。"

羽岛沉思片刻后笑着说道："你一个人做不到的，嗯，肯定做不到。"

"所以你快点给我振作起来。"夏目拍了拍羽岛的肩膀说道。

看这个样子，应该不用担心了。

长久以来一直折磨着羽岛的"水龙头"已经关上了。

夏目决定陪在他身边，直到他内心的伤痛完全治愈。

20. 2017年8月19日（周五）　蓼科

宇垣为了转换心情打开窗户，早上的冷空气带着一丝甜味闯进房间。

从这栋建在蓼科斜坡上的别墅二楼向外看，在斜坡牧场上吃草的牛和远处茂盛的阔叶林都可以一览无余。和东京的炎热相比，这里简直就是天堂。

宇垣坐在厚重的木质旧桌子前，打开笔记本电脑重新开始工作。

距离她将西条征士郎这个人从世界上抹消，已经过去了两个月。

普通大众认为那是凶手出于对医疗事故的怨恨犯下的罪行，在某种程度上了解真相的人则会认为西条是被自己构筑的巨大系统反噬了。

但是，这两种理解都与真相相距甚远。

宇垣用笔记本电脑打开了转移到这栋别墅地下的诺伦系统。

柳泽从夏目那里回来后，依然拒绝了她提出的要求，他的肺癌一度恶化到影响呼吸的程度。就算用镇痛剂止痛也很难消除喘不上气的感觉。

那种感觉应该相当痛苦。通过药物进行部分治疗后，那个男人最终还是屈服了。虽然比想象中有骨气，不过果然还是无法战胜对死亡的恐惧。

留在湾岸医疗中心的人负责继续管理以柳泽为首的院方资产。像柳泽这种服从要求，为他们提供信息等帮助的人，已经没有必要用生命来要挟了。治疗已经开始，可以让他们的癌症迅速达到完全治愈。

前几天，佐伯消化外科科长来别墅开会，他摸着剪短的头发愉快地笑着说道："事先知道结果的比赛假设吗？名字很不错嘛。能发现完全治愈的秘密之一，利用免疫抑制剂移植癌细胞，夏目他们也不是完全没本事嘛。"

宇垣点了点头说道："不过我听柳泽说出他们那个事先知道结果的比赛假设时，还是一不小心笑出声了。"

"发现极早期的癌症，在尚未转移时提取患者的癌细胞后进行培养，然后再放回患者体内，他们的假设到这里为止都是正确的。"

"不过，测试已有抗癌剂的效果，只在找到有效抗癌剂的时候将癌细胞放回体内的看法可以说是错的。"

"啊，我们才不会选择那种麻烦又不可靠的方法。若是按照他们的方法，难得发现早期肺癌动了手术，如果找不到有效的抗癌剂，就没办法控制患者的病情了。"

"柳泽的松甾酮，下次是最后一次注射了吧？"

佐伯点了点道头："嗯，应该没问题，能够完全治愈。"

为了保证有效杀死癌细胞，宇垣他们利用基因重组技术在癌细胞中设定了自杀装置，然后再将癌细胞放回患者体内。将松甾酮这种类似于昆虫激素的化学物质注入患者体内之后，癌细胞组织内的自杀装置将激活多组癌细胞自杀基因。

由松甾酮控制的基因重组模型在市面上就有出售，使用简单，不过类似于昆虫激素的化合物从来没有用在癌症治疗上，这一点对他们来说正合心意。

细胞的自杀装置是使用干细胞进行的再生医疗研究的产物。比如用 iPS 细胞[1]进行再生治疗时，移植后的细胞和组织有可能会出现癌变。为了确保安全性，严格管理细胞的品质是方法之一，为求保险也可以采取另一项措施。这就是事先在移植细胞上安装细胞内自杀装置。

以现有的技术水平，当移植细胞在体内发生癌变后，再通过基因重组向患者体内导入自杀装置很困难，需要在移植前采取预防措施，

1　一般指诱导性多能干细胞。——译者注

为细胞的自杀装置安装可以随时启动的开关。

在动物实验中，实验报告指出利用转基因技术导入的自杀装置可以令移植细胞死亡。宇垣等人以这项研究为基础，在从患者体内取出的未转移癌细胞中加入多个包含毒素的基因，以确保能消灭癌细胞。

在研究所中，那个无能的西园寺所做的工作就是努力培养患者身上提取出的癌细胞。

西园寺的研究是在老鼠身上移植带有自杀装置的培养癌细胞，然后注射松甾酮，人为引起肿瘤溶解综合征。

对湾岸医疗中心来说，西园寺的研究本身没有任何意义。但是，为达成湾岸医疗中心的目的，"制作带有自杀装置的培养细胞"这种研究手段是必要的。

在小暮麻里等拯救对象身上进行的，使用免疫抑制剂的拯救行为很难用来威胁有权有势的人。

进行威胁后，对象很可能选择其他医疗机构就诊。这样一来就无法继续在他们身上使用免疫抑制剂，癌细胞会由于排异反应而死亡。

另一方面，要想使用在癌细胞中加入自杀基因的手段，对象本身必须患有癌症，这种方法又不适用于拯救小暮麻里这样的人。

威胁和拯救，表面上看来同样是治疗癌症，其实分别使用了不同的医疗手段。

湾岸医疗中心以后会减少业务量。虽说是由于影响力迅速扩大不得已而为之，不过此前的活动中，西条征士郎和湾岸医疗中心着实树立了不少敌人。湾岸医疗中心以后应该会由与此事没有关系的医疗法人接手掌管的吧。

不过，宇垣等人依然握有此前积累的移植知识和人脉，会在各地的据点继续活动。

他们不希望组织的规模无限扩大，他们的目标是为了保密，将组织规模限制在最小限度，同时为了实现他们理想中的社会，要将影响力最大化。为此，他们要紧紧握住有选择地攻击要害的方法。

不久前，他们必须通过利用像柳泽那样偶然发现早期癌症的人进行活动。

没有发现癌症的人很多，虽然发现癌症但已经转移的人也不少。

对于没有发现癌症的人，虽然可以从移植癌细胞库中找到适合目标免疫系统的癌细胞进行移植，但是适配的概率绝不算高。

不过，由于致癌机制的研究不断发展，情况已经大不相同。他们已经能够成功通过基因编辑技术让细胞癌变。

最近，王庆大学的研究组发表成果，通过基因编辑技术向常见的大肠息肉中导入三个编辑后的癌变基因，可以人为制造出能够转移的大肠癌细胞。

消化外科的佐伯马上引进此项技术，在内视镜检查中发现大肠息肉的概率远高于发现大肠癌的概率，而且如果只是息肉，就没有转移的风险。

湾岸医疗中心成功研制出了让其他几种正常细胞癌变的技术。另外，宇垣等人充分利用影响力，让其他研究机构在致癌研究中投入大量经费。

可制作的"人工癌细胞"种类在此后应该会不断增加。

另一方面，利用癌症的拯救计划存在时间上的限制。

近年来，随着基因组解析的速度不断加快，成本也不断降低。在不远的将来，在查明患者癌症基因的基础上制定治疗方针的时代一定会到来。

如果在基因组解析时发现了人工制作的细胞自杀装置，计划就会败露。在此之前，必须治疗更多有权有势的人，掌握他们的弱点，尽可能确保影响力。

宇垣他们也做了一些工作，让那一天尽量晚一点到来，不过科学的进步是无法阻止的。

当那天到来之前，他们这些赞成老师思想的人要支配尽可能多的权势者的命运，实现理想的世界。

命运。

宇垣回忆起一切计划的开端。西条征士郎试图操控生命，支配人们的命运，可他自己同样是被命运摆布的人。

那天，宇垣刚刚认识老师不久，老师就坐在这栋别墅一楼的暖炉前坦白了自己的秘密。暖炉静静燃烧的火焰在老师脸上投下一层不断摇曳的阴影。

"顿生邪念指的应该就是那种事情了吧,或者真的是有某种超自然的力量在我耳边窃窃私语。"老师说着摇了摇头,"当我在从女儿体内提取出的绒毛上皮癌细胞中发现犯人的 DNA 时,也从女儿的正常细胞组织中提取了 DNA,做了 DNA 亲子关系鉴定——她不是我的亲生女儿。我已经无法质问死去的妻子为什么要出轨,但是在那些痛苦的日子里,我想到了一件事情。"

宇垣喃喃自语道:"您在医学院上学时,曾经为患有无精子症的夫妇提供了精子……"

老师缓缓点了点头说道:"当时我纯粹是出于善意,但是结婚后,我把这件事告诉了妻子。虽然我是为了表现自己对妻子的诚实,不过我妻子似乎受到了打击。我是这样安慰她的。虽然使用我的精子生出的孩子和我有血缘关系,但是我既不会见到他,也不会对他产生感情。家人是通过爱联系在一起的,所以我只有你一个家人。"

"您妻子不接受这个解释,与其他男人有了孩子,这是对老师您的报复吗?"

"我不知道,但我是这样想的。女儿长得和我挺像,血型也和我与妻子一样,都是 O 型,也许她是特意选择了和我相似的人出轨吧。我妻子的人际关系很简单,基本上都是她当时工作的大学里的同事。我很快就找到了妻子出轨的对象,暗中用他身上提取出的 DNA 样本做了鉴定,确认无误。他是大学里的业务员,现在是业务经理。"

老师想马上对他进行私人制裁，但是经过一番苦恼之后，最终决定无限期延长制裁时间。他并没有原谅那个男人，只是决定在必要的时刻利用他的死亡。

当计划完成到一定程度时，老师决定实施制裁。他利用常年积累下来的人脉绑架了那个男人，一切都在暗中轻易进行。

老师首先将他藏在湾岸医疗中心的地下室，在他身上进行了好几年癌症移植实验，并且绝不给他使用平常会使用的镇痛剂，让他不断在癌症晚期的痛苦和完全治愈之间苦苦挣扎。

那个男人承认了自己的罪过，一开始恳求老师饶他一命，没过多久就开始主动求死。

他应该是人类历史上第一个反复体会癌症晚期的痛苦的人。

两个月前，男人的愿望实现了。

绑架案发生前，男人的血被抽出装进塑料袋中，当老师伪装成被刀刺中时被洒在路上。为了应对警察的搜查，老师的家中和办公室都准备好了男人的毛发。警方找到男人的尸体，经过 DNA 鉴定，确定了其与惠理香的父女关系，然后进行火葬。遗骨与老师的妻子一起埋在浦安，葬在西条家的祖坟中，其实信仰基督教的家族中很少会有祖坟。

宇垣听到楼梯上传来不疾不徐的脚步声，如今住在这栋别墅里的只有她和老师两个人。

至少在今后的几个月里，这栋别墅中都只会有他们两个人。在这段时间里，就不要叫他老师了吧。

　　宇垣敬爱的人突然出现在敞开的大门外，脸上露出亲切的笑容。

　　"早上好，今天也是个好天气啊。"

　　宇垣也露出一个不会在外人面前展示的笑容。

　　"早上好，今天天气很好啊，父亲。"

图书在版编目（ＣＩＰ）数据

癌症消失的陷阱：完全治愈之谜 / （日）岩木一麻
著；佟凡译. -- 北京：台海出版社，2020.12（2022.9重印）
ISBN 978-7-5168-2787-1

Ⅰ.①癌… Ⅱ.①岩… ②佟… Ⅲ.①推理小说－日
本－现代 Ⅳ.① I313.45

中国版本图书馆 CIP 数据核字 (2020) 第 208933 号

版权合同登记号 图字：01-2020-5808

癌症消失的陷阱：完全治愈之谜

著　者：[日]岩木一麻	译　者：佟　凡

出 版 人：蔡　旭　　　　　　　　　封面设计：李宗男
责任编辑：员晓博

出版发行：台海出版社
地　　址：北京市东城区景山东街 20 号　　邮政编码：100009
电　　话：010-64041652（发行、邮购）
传　　真：010-84045799（总编室）
网　　址：www.taimeng.org.cn/thcbs/default.htm
E－mail：thcbs@126.com

经　　销：全国各地新华书店
印　　刷：嘉业印刷（天津）有限公司
本书如有破损、缺页、装订错误，请与本社联系调换

开　　本：880 毫米 ×1230 毫米　　　 1/32
字　　数：200 千字　　　　　　　　　 印　张：9
版　　次：2020 年 12 月第 1 版　　　　印　次：2022 年 9 月第 2 次印刷
书　　号：ISBN 978-7-5168-2787-1

定　　价：48.00 元